Eduard Häfliger, 1941 in der Schweiz geboren, hat an der ETH Zürich als Elektroingenieur diplomiert und in nationalen und internationalen Konzernen gearbeitet. 1990 wurde er freier Unternehmensberater. 2000 packte ihn der Spaß am Schreiben.

AF186041

Zum Andenken an meinen Vater, dem Arzt, von dem ich einfühlsames Beobachten und Zuhören gelernt habe.

Eduard Häfliger

Soll ihn der Teufel holen

und andere Geschichten zum Gruseln, Schmunzeln und Nachdenken

© 2015 Eduard Häfliger
2. Auflage
Illustration: Armin Hofstetter
Coverbild: © istock 2014
Lektorat: Verena Schneider Müller
Korrektorat: Théo Müller

Verlag: tredition GmbH, Hamburg

ISBN
Paperback   978-3-7323-1907-7
Hardcover   978-3-7323-1908-4
e-Book   978-3-7323-1909-1

Printed in Germany

Inhalt

Eduard Häfligers Mord(s)geschichten

Hintergründig und lebensnah, mit Anflügen von schwarzem Humor, aber letztendlich weise und versöhnlich sind die Geschichten von Eduard Häfliger. Bei manchen von ihnen läuft es einem kalt über den Rücken, andere erwärmen das Herz auf eine Weise, dass man sie gleich zweimal lesen muss. Eduard Häfliger hat die Töne, die Stimmen, die Begebenheiten gehört, gefunden und sie in bildhafte Geschichten umgedeutet. Zu Geschichten, die nachvollziehbar sind, vielleicht sogar schon von manchem selbst erlebt. Nur hatte man für sich selbst keine Worte, keinen Ausdruck dafür gefunden. Nun aber liegen sie vor uns, diese Berichte aus einer inneren Welt, deren äußerer wir tagtäglich begegnen, wenn, ja wenn wir unsere Sinne dafür auftun.

Edeltrud Katharina Timmermeister, Publizistin

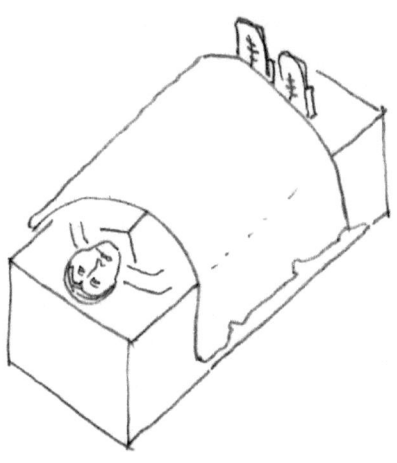

Ruhe sanft

Klar, das anatomische Institut ist eine Domäne von Schnitter Tod. Gruselig in der Fantasie von Laien, faszinierend für manchen Medizinstudenten – schon vor hundert Jahren.

Damals war einem angehenden Arzt eine interessante Leichensektion aufgetragen worden. Er sollte einen seltenen irregulären Verlauf von Nerven und Gefäßen nebst einem überzähligen Muskel schön präparieren und darstellen. Nachdem ihn das einen ganzen Tag lang intensiv beschäftigt hatte, legte er spätabends das Sezierbesteck weg, entledigte sich der Handschuhe aus braunem Gummi und zog die Operationsschürze aus. Mit einem weißen Laken deckte er seine Leiche sorgfältig zu, da er am anderen Morgen gleich weitersezieren wollte. Seine Kommilitonen waren längst gegangen. Bevor er den Saal verließ, blickte er noch einmal zurück auf die Reihe der hellgrauen Marmortische. Einige waren leer, andere, wie der seine, mit einer zugedeckten Leiche belegt. Einige Tische standen im weißen Lichtkegel der Lampen mit ihren typischen Schirmen aus dickem, grünem Glas. Da und dort schwammen Tote in Formalinbädern. Der Raum war mit süßlichem Mief aus Verwesungsgeruch und Formalin geschwängert.

»Bleibt alle schön brav liegen«, flüsterte der Studiosus in die Runde und löschte das Licht. Er schloss die Tür und ließ das unheimliche Dunkel des Saals hinter sich zurück.

Schon auf dem Heimweg kehrten seine Gedanken zu seinem fesselnden Fall zurück. Sie verließen ihn den ganzen Abend nicht, weder beim achtlos hinuntergewürgten kargen Imbiss noch später im Bett. Er fand kaum Schlaf und wälzte sich von Unrast geplagt hin und her.

Es herrschte noch finstere Nacht, als er sich entschloss, in die Anatomie zurückzukehren, um die Arbeit fortzusetzen.

Merkwürdigerweise war die Tür des Seziersaals nur angelehnt, was ihn etwas irritierte. Hatte er gestern Abend versäumt, sie zuzumachen? Er schüttelte den Kopf und wandte sich den Lichtschaltern zu. Nach ein paar Versuchen gelang es ihm, seinen Marmortisch in scharf abgegrenztes helles Licht zu tauchen. Mit einem »So, meine Dame« zog er das weiße Laken behutsam von der Leiche. Er holte sich einen frischen Satz Instrumente, zog sich um und streifte die obligaten Gummihandschuhe über. Einmal tief durchatmend sprach er: »Da wollen wir doch mal«. Er griff zum Skalpell und war im Nu wieder in seine Arbeit vertieft.

Nach einer Weile beschlich ihn ein merkwürdiges Gefühl. Hatte sich nicht etwas auf einem der Tische bewegt? Langsam ließ er seinen Blick in die Runde schweifen.

»Da ist nichts, du siehst Gespenster«, murmelte er vor sich hin und setzte seine anatomischen Studien fort — allerdings etwas weniger konzentriert.

Da, schon wieder! Diesmal sah er es ganz deutlich. Auf dem Tisch nebenan nahm das weiße Laken eine sich vergrößernde Form an. Was war das? Ein Gespenst, ein Phantom? Es richtete sich noch höher auf — und sank schließlich mit einem unüberhörbar lauten Seufzer zurück in die Horizontale.

»Da soll mich doch gleich der Teufel holen!«, rief der Medikus in spe. Er legte die Instrumente aus der Hand, hielt einen Moment inne und näherte sich mit ziemlich erhöhtem Puls der seltsamen Leiche, die eben noch geseufzt hatte.

»Hat man uns etwa einen Scheintoten untergeschoben?«

Vorsichtig fasste er einen Zipfel des Leichentuchs und hob es an.

»Donnerwetter«, entfuhr es ihm, »der Pedell!«.

Bei diesem Stichwort erwachte der Hausmeister und lallte, während er eine gewaltige Alkoholfahne ausstieß: »Lass mich schlafen, verdammt noch mal!«

Grinsend kam der Student dem Wunsch nach.

»Ruhe sanft!«, sagte er und drapierte das weiße Linnen behutsam über den Trunkenbold. Trotz seiner nächtlichen Zecherei hatte er pflichtbewusst seine Runde gedreht, wurde dann aber vom Schlaf überwältigt und hatte sich kurzerhand auf dem ersten freien Seziertisch zur Ruhe gebettet.

Soll ihn der Teufel holen

In einem fernen Alpental erinnern sich alte Leute noch heute an das schreckliche Geschehen um Pfarrer Archibald. Manchmal erzählen sie ihren Kindern davon, denen es dann gruselig kalt über den Rücken läuft.

Kurz nachdem das Dorf seinen früheren, hochgeachteten Pfarrer zu Grabe getragen hatte, sandte der Bischof einen eigenartigen Nachfolger. Der Neue bestürzte schon durch seine Erscheinung. Die Leute sagten, dass man unter der rabenschwarzen Soutane eher ein Skelett vermutet hätte als einen Menschen aus Fleisch und Blut, so ausgemergelt sei er gewesen. Selbst sein Gesicht hätte einem Totenkopf geähnelt. Man tuschelte, dass er von seiner geizigen und nicht weniger dürren Pfarrköchin so knapp gehalten werde, dass selbst die Haare auf seinem Kopf nichts mehr zum Wachsen gehabt hätten. Die Leute, die zufällig am Pfarrhaus vorbeigingen, konnten die beiden oft miteinander streiten hören. Dabei hatte die keifende Stimme der alten Hexe das giftige Krächzen des Pfarrers weit übertönt.

Nach Möglichkeit mieden die Leute das Pfarrhaus. Mussten sie trotzdem wegen einer Geburt, einer Eheschließung oder wegen eines Todesfalls beim geistlichen Herrn vorsprechen, so schlug ihnen bestenfalls Misstrauen entgegen; niemals aber gab es weder freundliche noch mitfühlende Worte. Wagte sich gar eine Frau als Bittstellerin ins Pfarrhaus, so wischte der Pfarrer hinterher den Zugangsweg mit dem Besen. Dazu bewegte er sich stets rückwärts und murmelte irgendwelche Beschwörungen. Im Dorf frotzelten die Leute, er benütze jeweils den Hexenbesen der Pfarrköchin.

Wie es damals Brauch war, erschienen stets alle Dorfbewohner zum sonntäglichen Gottesdienst. Beim alten Pfarrer war man noch ehrerbietig aufgestanden, wenn er als Letzter die Kirche betrat und sich zur Sakristei begab. Beim Neuen blieb das Kirchenvolk demonstrativ sitzen und ließ ihn gewissermaßen Spießrutenlaufen. Nach dem Evangelium bestieg er die Kanzel – immer mit grimmiger Miene, während der Fastenzeit genauso wie während der Festtagskreise. Hatte er gerade keine düstere Bibelstelle zur Hand, so zog er über ein Dorfereignis her, das seinen Unmut geweckt hatte. Überall roch er Unrat und fand immer einen Grund, um von oben herabzudonnern. Dabei traktierte er die Kanzel so unbeherrscht, dass sie fast aus der Wand gerissen wurde. Nicht selten brachte er mit seinem Poltern die Kleinsten zum Weinen. Andererseits konnte er nicht verhindern, dass die Jungen zu tuscheln und zu grinsen begannen, was seinen Zorn nur noch mehr schürte, ja ihn sogar in Raserei versetzte.

Er konnte missliebige Kirchenbesucher mit einem stechenden Blick fixieren und dazu übermäßig lange schweigen. Das tat er vor allem bei Frauen, die er Weiber zu nennen pflegte. Auch schalt er immer wieder die Mädchen wegen ihrer sündigen Bekleidung. Das männliche Geschlecht kam ebenfalls nicht zu kurz. Wie Pfeile schoss er seine Blicke auf sie ab und sprach voller Zorn von Hurenböcken und Trunkenbolden, denen das Himmelreich versagt bleibe. Allen Sünderinnen und Sündern drohte er mit dem Gehörnten und forderte Buße.

Kurz: Er machte, wie die Leute zu spotten pflegten, den sonntäglichen Kirchenbesuch zur Hölle auf Erden.

An einem Sonntagmorgen, nach einer besonders üblen Standpauke ihres Pfarrers, schien den Dörflern beim Verlassen der Kirche eine strahlende Sonne entgegen. Auf den Bäumen trällerten die Vögel ihre Frühlingsgesänge. Gerade so, als wollte der liebe Gott der Gehässigkeit etwas Wohltuendes entgegensetzen. Man stand noch ein bisschen zusammen und genoss die Segnungen der Natur. Zwar wirkten die einen etwas geknickt, doch die andern machten sich ohne jeden Respekt über die Tiraden ihres Pfarrers lustig.

In diesem Moment stürmte dieser in seiner schwarzen Soutane aus der Kirche und eilte, ohne nach links oder rechts zu blicken, auf den nahen Abhang zu. Er schien wieder einmal seiner Gewohnheit zu folgen, hinauf in die Berge zu entfliehen, um sich über die Bande der Sünderinnen und Sünder in seiner Gemeinde zu erheben und für sie zu beten, wie er einmal sagte. Die Frommeren flehten zu Gott, dass er ihren Pfarrer für immer dort oben behalten möge, während ihn die anderen hemmungslos zum Teufel wünschten. Andere sandten ihm Verwünschungen hinterher.

Von all dem bekam der geistliche Herr natürlich nichts mit. So wenig wie von der prächtigen Sonne. Er stieg höher und höher hinauf. Dabei quälte er seinen Körper bis an die Grenzen, während er pausenlos Litaneien und andere Gebete herunterleierte. Er wollte Buße tun für das verdorbene Kirchenvolk unten im Tal. Am späten Nachmittag, nach qualvollen Stunden, erreichte er völlig erschöpft den Rastplatz bei einer verlassenen Sennhütte. Er sank auf die Knie, holte die Gebetskette aus der Soutane und begann in ständiger Wiederholung den schmerzhaften Rosenkranz zu beten.

Mittlerweile hatten schwarze Gewitterwolken die Zacken der umgebenden Felsmassive eingehüllt. Erste Windböen kündeten ein Gewitter an. Doch erst, als aus dichten Wolken ein mächtiger Blitz, begleitet von einem ohrenbetäubenden Donner, nicht weit von Pfarrer Archibalds Rastplatz in den Boden schlug, erwachte der Geistliche aus seiner Trance. Er flüchtete in den Schutz der verlassenen Hütte, auch wenn er gewusst haben musste, dass der Dürst – wie man in diesen Gegenden den Fürst der bösen Geister nannte – und seine üble Horde hier nachts ihr Unwesen trieben. Draußen steigerte sich das Unwetter zu einem Sturm. Die Böen zerrten an der Hütte, sodass es im Gebälk unheimlich gierte und krachte.

Ein Alphirt, der vom Gewitter ebenfalls überrascht wurde, berichtete später: »Ich wollte dort Schutz suchen. Weil aber aus der Hütte ein Höllenspektakel zu hören war, habe ich mich nicht hineingetraut. Ich tat gut daran. Denn nach einem gewaltigen Blitzeinschlag stürmte der

Leibhaftige heraus. Er trieb eine Herde Höllenvieh und ein lichterloh brennendes Gespenst vor sich her und ist mit der Schar verschwunden. Hinterher ist die Hütte in Flammen aufgegangen und bis auf den Grund niedergebrannt. Auch das Unwetter war zu Ende.«

Man erzählte sich, dass in der gleichen Nacht die Pfarrköchin im Schein der Blitze aus dem Kamin des Pfarrhauses gefahren sei. Weder der Pfarrer noch seine Haushälterin wurden je wieder gesehen. Doch bei sehr heftigen Gewittern sei um Mitternacht noch heute aus dem Pfarrhaus ein herzzerreißendes Klagen und Jammern zu vernehmen.

Ticino libero

Gestern sind Willi und ich bei unserem Freund Max in einem abgeschiedenen Tal im Südtessin eingetroffen. Max bewohnt ein behagliches Haus, wo wir nach dem leckeren Abendessen erst mal übernachten dürfen. Am Morgen wecken uns das vielstimmige Konzert der Vögel und die eben aufgehende Sonne. Der Himmel zeigt sich wolkenlos blau, nur eine schwache Brise weht. Nach dem Frühstück lockt uns der prächtige Frühsommertag mit seiner Morgenstimmung zu einer Wanderung. Wir wollen die Blumenpracht des Bergfrühlings genießen.

»Steigen wir doch hinauf auf den Paso San Canonico«, schlägt Max vor. Wir drei kennen den Pfad von früheren Wanderungen. Er würde uns hinauf zu jenem Grat führen, der auf rund 2000 Metern Höhe die Grenze zwischen der Schweiz und Italien bildet.

»Ich freue mich jetzt schon auf die Cabana«, sagt Willi.

Und ich: »Bestimmt erwartet uns der gastfreundliche Hüttenwart mit einer Portion Polenta und einem Steinkrug süffigem Nostrano«.

»Klar, wie immer«, meint Max.

Der Aufstieg führt durch losen Laub- und Tannenwald, unterbrochen von Bergweiden. In den Waldlichtungen stechen Brombeer- und Himbeerranken und stachelige Distelstauden die Waden. Auf den Weiden leuchten uns der kleine blaue Enzian und sein gelber, hochstieliger Namensvetter entgegen.

Plötzlich, am Abhang einer Waldlichtung, entdecken wir mitten im Birkengestrüpp eine Kuh. Es scheint, als hätte sie mitten im Wiederkäuen innegehalten. Doch sie ist mausetot! Beim Nähertreten sehen wir mit einem Blick die Ursache.

»Ein sauberer Schuss mitten durch die Stirn, keine anderen Verletzungen sichtbar«, diagnostiziert Willi.

Und Max: »Die Augen sind offen und ungetrübt. Es sieht aus, als wäre der Tod erst vor ein paar Augenblicken eingetreten«.

»Das Tier ist offenbar aus nächster Nähe erschossen worden«, ergänze ich.

Kopfschüttelnd überlegen wir, was zum Abschuss des Viehs geführt haben mochte. Wir kommen zu einem einzigen Schluss: Das muss die Tat eines frustrierten Jägers gewesen sein, dem vielleicht an diesem Tag kein Jagd-glück beschieden war. Die verirrte Kuh kam ihm gerade recht.

»Und dann hat er kaltblütig abgedrückt«, folgert Max.

Wir stimmen zu, weil wir wissen, dass in dieser gott-verlassenen Gegend Jäger nicht selten auf alles zu schie-ßen pflegen, was sich bewegt. »Ticino libero«, sagen sie und gehen hier selbst außerhalb der offiziellen Jagdsai-son auf die Pirsch, nur ein bisschen diskreter als sonst.

Max erzählt: »Unten im Dorf habe ich einen angese-henen Bekannten, ein passionierter Sammler von zahlrei-chen legalen und illegalen Waffen – nicht der einzige. Natürlich verfügt er auch schubladenweise über die pas-sende Munition. Kürzlich hat er mir ein verbotenes, großkalibriges Schnellfeuergewehr vorgeführt und voller Lust quer über das Tal hinweggeballert. Auch er antwor-tete lachend mit ›Ticino libero‹, als ich ihn nach der Zu-lassung für die Schusswaffe fragte«.

Uns ist ziemlich mulmig zumute. Vielleicht lauert der verrückte Schütze immer noch in der Nähe. Schweigend, aber mit offenen Augen und gespitzten Ohren setzen wir den Aufstieg fort. Jedes ungewöhnliche Geräusch macht uns nervös.

Unbeschadet erreichen wir das Berghaus auf dem Grat, finden Polenta und Nostrano vor und stärken uns. Doch genießen können wir das Essen nicht wie gewohnt, sondern machen uns schnell wieder an den Abstieg. Un-ten im Tal sucht Max umgehend einen Bekannten auf – auch ein leidenschaftlicher Jäger. Max schildert ihm, was wir gesehen haben; unsere Vermutungen lässt er weg.

»Und jetzt warten wir ab, was sich in der Gerüchte-küche tut«, schmunzelt Max nach seiner Rückkehr.

Nach etwa einer Stunde taucht mit tiefem Brummen ein Helikopter auf. Er fliegt die Stelle hoch oben am Berg an, wo wir das tote Vieh entdeckt haben. Nach einer Weile erscheint er mit dem Kadaver in den Traggurten und verschwindet talwärts.

Am nächsten Tag erzählt man sich in der Gegend, die Kuh sei vom Blitz tödlich getroffen worden.

»Von einem Blitz aus heiterem Himmel, sozusagen«, lache ich.

»Ticino libero!«, grinst Willi.

Aus lauter Liebe

Wie jeden Morgen nimmt Frau Doktor Castelgrande mit ihrem Gefolge vier exakt ausgerichtete Liegestühle im Schlosspark in Beschlag. So auch am heutigen Frühsommertag.

Sie erscheint stets als Erste. Beim Gehen stützt sie sich würdevoll auf ihren schwarzen Stock mit dem Silberknauf. Diesmal trägt sie eine dunkelrote, bis zu den Füßen reichende Seidentunika, dazu Perlenschmuck. Ihr weißes Haar mit leichter Blautönung ist sorgfältig frisiert. Nur die medizinische Halskrause will nicht recht zu ihrer gepflegten Erscheinung passen. In angemessenem Abstand schlurft der greise Ehemann hinterher. Dahinter folgt das Dienstmädchen in frisch gebügelter, blassblauer Tracht und weißer Schürze; auf den Armen trägt es eine exakt gefaltete Wolldecke. Denn Frau Doktor legt großen Wert auf Genauigkeit und Ordnung.

Bei den Liegestühlen angekommen, heißt die alte Dame mit gebieterischem Ton ihre Dienerin, die Decke auf der Liege links außen auszubreiten. Dann schickt sie das Mädchen mit einer ungeduldigen Handbewegung weg und befiehlt ihren Herrn Gemahl – nicht weniger herrisch – zum vorbereiteten Platz.

»Unsere Rosen blühen dieses Jahr wieder besonders reich«, schwärmt sie, während sie die sorgfältig gepflegten Beete mustert. »Ach, und wie die Sonne den Morgentau glitzern lässt. Und wie es duftet! Herrlich! – Hörst du mir überhaupt zu, Wilhelm? Immerzu schweigst du. Es ist ein Kreuz mit dir!«

Da hört sie ihre Freundinnen kommen, die sie überschwänglich begrüßt: »Was für ein wunderbar blumiges Kleid du für heute gewählt hast, Philomène! Es steht dir ganz ausgezeichnet und passt zu meinen Rosen. Philomène, geht es dir wieder besser? Du siehst immer noch ein bisschen blass aus, mein Kind.«

Ohne eine Antwort abzuwarten, weist Frau Doktor ihren Freundinnen mit einem »Kommt, setzen wir uns« die beiden Liegestühle rechts zu. Dann lässt sie sich nicht ohne Eleganz zwischen ihrem Mann und den Neuankömmlingen nieder.

Eine Zeit lang lauschen alle dem vielfältigen Vogelgezwitscher in den alten Eichen und Tannen des Parks. Dann aber unterbricht Frau Doktor die Idylle.

»Hatten wir nicht ein wundervolles Diner gestern Abend? Auch wenn bedauerlicherweise unsere hochgeschätzte Frau Brigadier Abegglen seit Sonntag nicht mehr unter uns weilt. Nun vermögen nur noch Philomène und ich, über unsere Indien- und Himalajareisen zu erzählen. Erinnerst du dich noch, Philomène, mit welchen Hindernisse wir damals vor dem Krieg beim Überqueren der nepalesisch-tibetischen Grenze konfrontiert waren?«

Wäre nicht der Lärm eines Flugzeugs gewesen, so hätte der Monolog von Frau Doktor Castelgrande keine Pause gefunden.

Die Störung ist kaum vorbei, als die alte Dame fortfährt: »Wo sind wir noch stehen geblieben? Ach ja, bei unserem gestrigen Diner. Übrigens ist mir nicht entgangen, Philomène, dass der Herr Baron von Wattenwyl dir wiederholt schöne Augen gemacht hat. In seinem Alter! Um Gottes Willen! Immerhin ist mein Gast aus adeligem Haus und sehr vermögend. Ja, ja, Philomène, dein Schweigen ist vielsagend«.

Ein Schwarm Sperlinge landet im nahen Haselnussgebüsch und unterbricht mit heftigem Gezirp den Redefluss der Frau Doktor. Sobald die Vogelschar wieder auf und davon ist, plaudert die Dame weiter, ohne ihrer Gesellschaft die geringste Chance zu einer Äußerung einzuräumen.

»Heute Nachmittag bekomme ich übrigens wieder einmal einen ganz persönlichen Besuch von meinem hochverehrten Herrn Professor Bleuler. Meine Halswirbel machen mir nämlich nach wie vor Beschwerden. Es war zwar überaus reizend von dir, Wilhelm, dass du mich aus lauter Liebe die Stiege hinuntergeworfen hast. Allerdings hatte deine Zuneigung früher entzückendere Züge. Immerhin verdanke ich dir die Bekanntschaft mit dem berühmten Bleuler. Sehr reizend, wie er mich umsorgt und seinem Ärzteteam meinen hochinteressanten Fall stets aufs Neue auseinandersetzt. Ich werde ihm seine Aufmerksamkeit demnächst mit einer Einladung zu einer großen Soirée hier auf meinem Schloss danken. Ich bin zwar etwas irritiert von dem dunkelhäutigen Assistenten, der zu seinem Gefolge gehört. Ich bin mir nicht sicher, aber ich vermute, er ist ein böser Dämon. Er hat einen sehr stechenden, furchterregenden Blick.«

Das Gespräch mit den zum Schweigen verurteilten Gästen hätte wohl unablässig so weitergeplätschert, wäre da nicht der Elfuhrschlag vom nahen Kirchturm gewesen. Wie herbeigerufen taucht das Dienstmädchen auf, was Frau Doktor bewegt, zum Aufbruch zu mahnen.

»Meine lieben Freundinnen, es ist Zeit, dass wir uns für das Déjeuner umziehen. Steh auf, Wilhelm! Antoinette, falten Sie die Decke zusammen und rücken Sie die Liegestühle wieder ordentlich zurecht!«

Mit diesem Worten erhebt sich die alte Dame etwas umständlich von ihrer Liege und macht sich – hoheitsvoll auf ihren Stock gestützt – zurück auf den Weg ins Schloss.

Hinter der alten Dame kreuzen zwei Frauen in Schwesterntracht den Weg.

»Wie lange ist die Castelgrande nun schon in unserer Psychiatrie?«, fragt die eine.

»Seit sie vor Jahren von ihrem Mann die Treppe hinuntergestoßen wurde. Angeblich ein Unfall.«

»Sie scheint ihre Selbstgespräche sehr zu genießen.«

»Ja, auch wenn ihr Alzheimer sie gnädig vergessen lässt, dass ihr Mann und ihre beiden Freundinnen längst verstorben sind.«

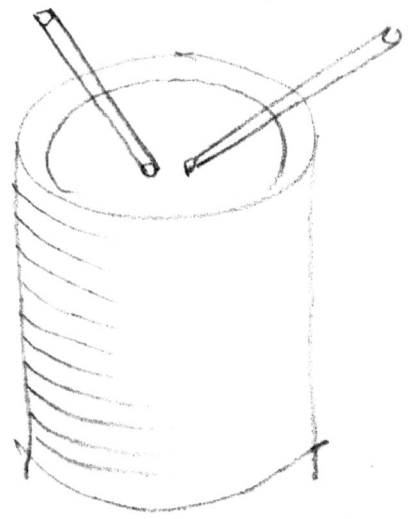

Kurs auf sich selbst

Daniel Küppers hat wieder einmal die Hektik der Bel-etage hinter sich gelassen und ist in die Berge geflüchtet. Genauer gesagt in ein einsames Tal, dessen spärliche Besucher nicht einmal ihren besten Freunden erzählen, wo es zu finden ist. Er hatte es vor Jahren zufällig entdeckt und seither hatte ihn die Sehnsucht nach diesem Stück Erde nie wieder verlassen.

Auch dieses Mal ist er in der bescheidenen Herberge abgestiegen. Sie wird von ein paar auf einander einge-schworenen Frauen geführt. Er genießt ihre Gastfreund-schaft, dazu die üppige Blütenpracht, die ihm der Berg-frühling unter dem makellos blauen Himmel beschert.

Tagsüber liest er philosophische Bücher, von denen die Herberge eine erstaunliche Sammlung besitzt.

Nachts lockt ihn manchmal eines der verlassenen Seitentäler. So auch in dieser Vollmondnacht. Der einzige Zugang führt durch eine schwierig zu findende, äußerst enge Felsspalte. Sie lässt gerade einmal für einen tiefen Bergbach und einen fußbreiten Pfad Platz. Dahinter öffnet sich eine wilde Landschaft mit schroffen Felswänden, vereinzelten Arven und gewaltigen, heruntergestürzten Felsbrocken. Außer dem Rauschen des Bergbaches ist in der nächtlichen Stille so gut wie nichts zu hören. Am Himmel hängt ein übergroßer Vollmond. Hier ist der Wanderer von einem imposanten Sternenmeer umgeben, so wie es eben nur in den Bergen zu erleben ist. Weit hinten im Tal, gespenstisch vom Mond beleuchtet, verbarrikadiert ein mächtiger Gletscher das Weiterkommen.

Überwältigt und in tiefer Ehrfurcht lässt sich Daniel einen Moment von der einzigartigen Kulisse fesseln. Dann wandert er weiter.

Als er gerade einen mächtigen Steinbrocken umgangen hat, dringt rhythmischer Trommelschlag an seine Ohren. Er folgt den dumpfen Lauten und entdeckt kaum einen Steinwurf entfernt eine schwach leuchtende Glut. Beim Näherkommen löst sich eine am Boden kauernde Gestalt aus der Dunkelheit. Es ist eine Frau mit schlohweißem Haar, die in einen braunen Überwurf gehüllt ist und vor den glimmenden Resten eines Holzfeuers sitzt. Mit einem glattgescheuerten Krummholz schlägt sie auf eine Art Kürbistrommel und lässt dazu einen monotonen Singsang hören. Ihr zerfurchtes Antlitz ist dem Vollmond zugewandt. In respektvollem Abstand setzt sich Daniel der Alten gegenüber. Sie scheint ihn überhaupt nicht wahrzunehmen.

Allmählich verbindet sich sein Herzschlag mit dem Trommelrhythmus. Trommel und Singsang versetzen ihn in eine tiefe innere Ruhe, während seine Sinne hellwach werden. Der Duft von wildem Thymian und andern Kräutern steigt ihm in die Nase. Er hört, wie der Bergbach in seinem Bett die Kiesel rollt. Aus der Ferne tönt der Ruf einer Eule. Auch glaubt er, den Atem der Erde zu spüren, und folgt ihm unwillkürlich.

Unvermittelt bricht die Alte ihr Ritual ab, wendet sich Daniel mit einem durchbohrenden Blick zu und überrascht ihn mit der Frage: »Warum suchst du, was du schon gefunden hast?«

Aus der Versunkenheit gerissen, gelingt Daniel nur ein stotterndes »Ich verstehe nicht.«.

»Bist du nicht wie schon oft deinem Alltag entflohen, um wie ein Schwärmer dem Kosmos dieses Tals neuen Lebenssinn abzubetteln, anstatt ihn dir selber zu erarbeiten?«

»Ich will doch nur meine Ruhe haben und mich erholen.«

»Und dabei kein bisschen weiser werden?«

»Was sollte ich denn sonst tun?«

»Nimm das Atemerlebnis von eben mit in den Alltag und übe unablässig.«

»Ist das alles?«

»Es genügt!«

Nach diesen Worten verschwindet die Alte samt Trommel und Feuer im Nichts und lässt den verblüfften Daniel Küppers allein. Entgeistert blickt er auf die Stelle, wo eben noch die weise Frau gesessen ist. Tief in seinem Innern spürt er weiterhin den Trommelrhythmus, der seinen Herzschlag und Atem leitet. Langsam steht er auf und macht sich als ein anderer Mensch auf den Weg zurück zur Herberge, wo er sich gleich hinlegt und im tiefen Frieden mit sich selbst in einen ruhigen Schlaf sinkt.

Im Traum erscheint ihm die Frau nochmals. Sie legt eine Hand auf seine Schulter und ermahnt ihn, seine Umwelt von nun an achtsamer wahrzunehmen und stets ruhig dem Atem zu folgen.

Am andern Morgen wacht Daniel später auf als sonst. Beim Frühstück holt ihn das nächtliche Ereignis wieder ein. Ruhig atmen. Ist das wirklich alles?

Es bleiben ihm noch wenige Ferientage. Die nächtlichen Ausflüge unterlässt er und, statt sich den gescheiten Büchern zu widmen, ruht er in seinem Liegestuhl und spinnt neue Fäden für sein Leben. So sehr hat ihn die Aufforderung der weisen Frau bewegt.

Zurück auf der Etage übt er in den Sitzungen immer wieder, seinen Atem ruhig zu halten. Vor allem dann, wenn Diskussionen heftig geführt werden. Manchmal vergisst er sich und verfällt in die alte Gewohnheit, laut und angriffslustig zu debattieren. In solchen Momenten taucht unvermittelt die Alte vor seinen Augen auf und ermahnt ihn. Ab und zu hört er die Kollegen sagen, dass er neuerdings eine wohltuende Ruhe ausstrahle, die bei ihm früher nicht zu spüren gewesen sei.

Erzählung 1 – Regentanz

Ron, Eckhardt und Ralph sitzen unter dem Vordach von Rons Landhaus. Im Grill glühen die letzten Kohlen. Mitternacht naht. Kein Lüftchen will die drückende Schwüle des heißen Sommertages mildern.

Eckhardt ist den Schilderungen seiner Freunde von glücklichen Junggesellentagen bisher nur mit einem Ohr gefolgt. Abwesend starrt er zum Horizont, wo der gespenstische Widerschein von Blitzen die ferne Bergkulisse beleuchtet.

»Eckhardt, wo bist du? Wach auf!«

Mit einem Ruck schiebt er sich im Liegestuhl hoch und wendet den Freunden sein umwölktes Antlitz zu.

»Ich mag eure Stimmung nicht mit meiner Geschichte verderben.«

Ralph erhebt Einspruch: »Hör mal, Eckhardt! Wir haben ohne Wenn und Aber abgemacht, dass jeder von uns etwas Außerordentliches aus seiner Junggesellenzeit berichtet, was immer es sein mag. Und du, Eckhardt, hast dich bereit erklärt, als Erster von einem Erlebnis zu erzählen. Und zwar hier und heute in Rons Landhaus.«

»Der Teufel hat mich geritten, dass ich diesem Pakt zugestimmt habe!«

Während in der Ferne dumpfer Donner grollt, beginnt Eckhardt mit einem tiefen Seufzer zu erzählen: »Im ersten Sommer meiner Assistenzzeit habe ich mich Hals über Kopf in Silje verliebt. Sie kam aus Norwegen und hatte wie ich eben ihren Doktor gemacht. Unsere Geschichte begann wie manche andere auch. Dann und wann während der Kolloquien ein forschender Seitenblick, gelegentlich ein kurzes Lächeln in der Mensa. Eines Tages prallten wir am Eingang zum Institut völlig unerwartet zusammen. Sie stürmte hinaus, ich wollte eilig hinein. Im Reflex landeten wir uns in den Armen, erröteten und trennten uns sofort wieder.

›Hats wehgetan?‹

›Halb so schlimm. Nur den Kopf angeschlagen.‹

›In Eile, was?‹

›Nein, nur verärgert über einen Doktoranden.‹

›Was meinst du zu einem Kaffee, Silje?‹

›Aha, Eckhardt, du kennst meinen Namen!‹

Den vielsagenden Dialog setzten wir in der Cafeteria fort. Dabei gestanden wir uns, dass wir beide schon länger nach einem unverdächtigen Grund für ein Rendezvous gesucht hatten. So viel Unbeholfenheit brachte uns zum Lachen. Schließlich verabredeten wir uns zum Abendessen.

Heftig wie der Zusammenprall setzte sich unsere Beziehung mit Nächten voller Leidenschaft fort – mal in meiner kargen Junggesellenbude, mal in Siljes romantischer Altstadtwohnung. Im Institut mussten wir ob unserer Liebschaft manche spöttische Stichelei über uns ergehen lassen.«

Während Eckhardt einen tiefen Schluck aus seinem Humpen nimmt, bemerkt Ralph: »Und was soll an dieser Liebesgeschichte makaber sein?«

Noch bevor Eckhardt antworten kann, jagt eine heftige Windbö über Rons Landhaus hinweg und reißt Tischdecke samt Gläser vom Granittisch. Ein mächtiger Blitz fährt in den nahen See; der gewaltige Donnerschlag lässt keine Sekunde auf sich warten.

Alle springen auf, räumen Tischdecke und Scherben zusammen und rücken ihre Liegestühle näher zur Hauswand. Dann kehrt wieder Ruhe ein. Es beginnt leicht zu regnen. Donar hat nur gedroht.

Ron und Ralph nehmen wieder Platz. Eckhardt bleibt völlig verstört und totenbleich vor seinem Liegestuhl stehen.

»Was ist los, Eckhardt?«, ruft Ron.

Die Frage weckt ihn aus der Trance. Er sinkt in seinen Liegestuhl und fährt fort: »An einem Sommertag – so heiß wie der heutige – rüsteten wir uns für einen Ausflug aufs Land. Silje hatte Geburtstag. Mit meinem klapprigen Käfer fuhren wir an einen einsamen Waldrand. Wir hatten für diese Gelegenheit einen sündhaft teuren Picknickkorb erstanden, dazu eine Flasche Prosecco. Auf einer Wolldecke schlürften wir den Tropfen, kosteten Crackers mit Lachs und verschlangen Gjetost, das norwegische Molkeprodukt mit dem Karamellgeschmack.

Wir waren so verliebt, dass wir nur das Zwitschern der Vögel hörten. Wir gewahrten weder die drohenden Gewitterwolken noch den aufkommenden Wind. Mit einem Mal holten uns dicke Regentropfen aus den Träumereien. Lachend sprang Silje auf und begrüßte tanzend den Regen. Schneller und schneller wirbelte sie in ihrem geblümten Sommerkleid hinaus in die weite Wiese. Dass sie bald völlig durchnässt war, schien sie gar nicht zu spüren. Fasziniert von ihrem unbändigen Temperament gewahrte auch ich nicht, dass ich pudelnass wurde.

Plötzlich krachte ein ungeheurer Blitz vom Himmel und erschlug Silje direkt vor meinen Augen. Nicht einmal Zeit für einen Schrei blieb ihr. Ich stürzte zu ihr, suchte im versengten Körper nach Leben, fand nichts, schrie um Hilfe und brach schließlich weinend über meiner Geliebten zusammen. Es war der schwärzeste Augenblick meines Lebens – die Hölle!«

Eckhardt springt auf, stolpert ein paar Schritte vorwärts und bricht zusammen. Ron und Ralph sind zu Tode erschrocken. Keiner sagt etwas – was auch?

Durch das lähmende Schweigen dringt leises Schluchzen.

Wie der verzweifelte Aufschrei einer gequälten Seele entlädt sich der Himmel über der bedrückenden Szene und holt die drei Freunde zurück in die Gegenwart.

Erzählung 2 – Auf sich geworfen

De profundis clamavi ad te Domine.
Aus tiefer Seele rufe ich zu Dir, Herr.
Psalm 130

Diesmal ist die Reihe an Ron, seinen Freunden Eckhardt
und Ralph wie versprochen eine Geschichte zu erzählen.
Dazu besucht er mit ihnen sein einstiges Kloster. Die
Führung endet in der Klosterkirche – zur Stunde der
feierlichen Vesper. Das weckt in Ron schmerzliche Ge-
fühle, hatte ihn doch damals mitten in den gregoriani-
schen Gesängen ein dramatischer Zwischenfall heimge-
sucht. Jetzt lauscht er ehrfürchtig, als ob er die Vesper
zum ersten Mal vernähme. Den Freunden fällt seine ungewöhnliche Entrückung auf.

Draußen vor dem mächtigen Prospekt sprechen sie
Ron darauf an. Er lädt sie ein, ihm hinter das Kloster zu
folgen und sich am Waldrand auf eine Bank zu setzen.
Im Licht der Abendsonne beginnt er den Freunden seine
Geschichte zu erzählen. Dabei berichtet er, als ob er nur
Zuschauer der Ereignisse gewesen wäre. Dann wieder

schildert er das Geschehen mit den Emotionen des Hauptdarstellers.

»Es war am Morgen nach dem Trinkgelage zur Feier des Reifezeugnisses, als ich die Party spontan verließ und den Weg zu diesem Kloster einschlug. Ich klopfte an die Pforte und bat um Einlass als Gast für eine Woche. Ohne Weiteres wurde ich aufgenommen.

Ich fand rasch so großen Gefallen am Klosterleben, dass ich am siebten Tag beim Abt um das Noviziat nachfragte. Ich ließ die vielen prüfenden Fragen über mich ergehen und wurde schließlich für würdig befunden, in einer feierlichen Zeremonie als Novize aufgenommen zu werden. Man gab mir den Namen Frater Rufus – vielleicht meiner roten Haare wegen. Die erste Zeit erlebte ich wie in einem Rausch, auf Wolken schwebend. Das Aufstehen für die nächtliche Hore und die anderen Stundengebete fiel mir leicht. Stets folgte ich stolz der Prozession meiner Mitbrüder in den Chor. Statt fromm und demütig sang und betete ich die Psalmen inbrünstig, ja überschwänglich. Immer wieder musste mich der Novizenmeister ermahnen, meine Schwärmerei zu lassen, und den Klosteralltag kritischer, vor allem aber selbstkritischer wahrzunehmen. Doch die strengen Worte halfen so gut wie nichts.

Eines Tages begann ein Pfeifen in meinen Ohren Gesang und Gebet zu stören. Manchmal war es so stark, dass ich nicht mehr mitsingen konnte, oder wenn ich es doch tat, sang ich so falsch, dass mich die strafenden Blicke des Choralmagisters trafen. Von Zeit zu Zeit verschwand das Phänomen wieder, um mich Tage später umso heftiger zu plagen.

Es schien mir, dass die Störungen immer dann ausblieben, wenn ich zu mehr Ernsthaftigkeit fand, und wieder auftraten, wenn ich in Schwärmerei verfiel.

Nach einigen Wochen blieben die bohrenden Töne ganz aus, so plötzlich, wie sie aufgetreten waren. Ich freute mich maßlos, ohne den Fingerzeig auch nur im Geringsten verstanden zu haben. Ich setzte mein aufgeblasenes Verhalten fort und fand mich den Mitbrüdern gegenüber erhaben, da half keine Ermahnung, gar nichts.

Und dann geschah es. Mitten in einer Vesper herrschte um mich herum plötzlich Totenstille. Die Chorsänger bewegten ihre Lippen, doch ich hörte keinen einzigen Ton. Auch alle übrigen Geräusche blieben aus. Ich vernahm nur noch meinen Herzschlag, spürte, wie meine Lungen sich geräuschlos füllten und leerten. Die Welt war totenstill.«

Sichtlich erschüttert verstummt Ron. Sein Blick ist ins Nirgendwo gerichtet. Minuten später fährt er fort.

»Was jetzt folgte, haben mir später die Mitbrüder erzählt. Als Erster sah der Choralmagister das blanke Entsetzen auf meinem Antlitz. Mit einem Schrei zerstörte ich die Würde des frommen Gesangs. Ein Schrei, den ich nicht hören konnte. Empört wandten sich die Mönche dem Störenfried zu. Ihre Reihen gerieten in Unordnung, der Schreck über das Sakrileg ließ sie verstummen. Da zerriss ich mit einem zweiten Aufschrei die Stille, verlor das Gleichgewicht, stürzte auf die Knie, brach zusammen und blieb zusammengerollt wie ein Fötus auf den harten Fliesen des Chors liegen. Ein paar beherzte Mönche bückten sich, um ihrem wimmernden Mitbruder das Aufstehen zu erleichtern, doch ließ ich mich nicht dazu bewegen. Da ergriff der Novizenmeister die Initiative und wies einen Pater an, eiligst eine Trage zu holen. Die anderen hieß er, sich einstweilen ins Chorgestühl zu setzen und für den Mitbruder zu beten. Minuten später traf die Bahre ein. Ich wurde behutsam darauf gebettet und immer noch wimmernd zur Krankenstation gebracht.

Später diagnostizierte der herbeigerufene Arzt den ungewöhnlichen Fall eines beidseitigen Hörsturzes. Er ordnete Ruhe an und ließ mich in meine Zelle verlegen. ›Es kann Stunden, Tage, ja Wochen oder noch länger dauern, bis das Gehör wieder zu funktionieren beginnt‹, meinte er. ›Beobachtet ihn gut und ruft mich umgehend an, wenn sich der Zustand verschlechtert.‹

Von all dem bekam ich nichts mit. Auch nicht, dass mich der Abt in der Zelle besuchte und mir seinen Segen spendete. Der Schock hatte Körper und Geist gnädig in eine Art Koma versetzt, aus dem ich nicht so schnell wieder erwachte.

In meinem Bewusstsein dämmerte es erst in den frühen Morgenstunden des übernächsten Tages. Mühsam versuchte ich, mich von meinem Lager zu erheben, aber das Schwindelgefühl zwang mich gleich wieder aufs Bett. Allmählich ahnte ich, was mir widerfahren war. Ich konnte zwar sprechen, aber weder mich noch andere hören. Meine Schreie aus tiefster Seele ließen wiederholt den Mönch herbeieilen, dem die Krankenwache aufgetragen war. Doch wies ich den Erschreckten mit einer ungeduldigen Handbewegung immer hinaus. So auch den Mitbruder, der mir das Essen bringen wollte. Ich, Frater Rufus, war auf mich selbst zurückgeworfen, vermochte nur noch, mit mir selbst zu reden – und zu hadern.

Schreie waren nicht der einzige Ausdruck meines Aufbäumens wider den Tiefschlag des Hörsturzes. Wie ein Tobsüchtiger warf ich manchmal in der Zelle alles umher, was nicht niet- und nagelfest war, um gleich darauf in eine tiefe Depression zu versinken, aus der ich nicht herausfand.

In solchen Momenten dachte ich, dass es nicht schlimmer werden könnte. Ich bedauerte mich aufs Tiefste, wälzte mich ruhelos im Bett und weinte mein Kissen nass. Allem zürnte ich: dem Klosterleben, dem Noviziat, ja meinem ganzen Dasein.

Erst nach mehreren Tagen begann ich mich allmählich zu beruhigen, während die Welt um mich herum immer noch stumm blieb. In meinem Innern aber tobte ein wirres, nicht enden wollendes Palaver von lebenden, aber von auch längst verstorbenen Verwandten, Bekannten und Unbekannten.

Irgendwie gelang es meinem Geist, meinen Körper zu verlassen und sich in die fernste obere Zimmerecke zu verziehen. Es war eine große Erleichterung, als Betrachter auf den da unten liegenden Leib von Frater Rufus und auf dessen aufgewühlte Lebensbühne zu blicken, ohne selbst an dessen Bühnenspiel beteiligt zu sein oder gar mitmachen zu müssen. Zu meiner Tröstung schienen die Darsteller nach und nach der Lust am Toben und Plappern überdrüssig zu werden. Schließlich war die Szene leer.

In solchen Momenten konnte ich durch die Wände meiner Zelle sehen. Mein Geist konnte sogar aus der Klause hinaus in den Konvent und in die Klosterkirche treten. Und eines Tages fand ich sogar hinaus in den Klostergarten und weiter zu diesem Platz hier am Waldrand, wo wir jetzt gerade sitzen, meine Freunde.

Ich entdeckte, dass dieses Heraustreten aus mir Wirklichkeit war, eine neue Wirklichkeit. Voller Überraschung nahm ich wahr, dass es mir tatsächlich gelungen war, den unrühmlichen Menschen, der ich zuvor gewesen war, zurückzulassen.

Bei einem dieser Ausflüge meinte ich, Vogelstimmen und das Klopfen eines Spechts, ja sogar das Summen von Insekten zu vernehmen. Mein Gehör hatte sich wieder geöffnet. Der alte Frater Rufus wäre jetzt lauthals in ein Halleluja ausgebrochen. Der geläuterte Novize jedoch lauschte still und bescheiden dem, was ihm sein Inneres und die Natur bescherten.«

Und wieder unterbricht Ron die Erzählung. Den Freunden haben die dramatischen Schilderungen die Sprache geraubt. So lauschen sie denn wie einst Frater Rufus für einen Augenblick den Stimmen der Natur. Dann schließt Ron seine Geschichte:

»Im Laufe der Zeit erkannte ich, dass ich mit dem Klostereintritt nur im Affekt meiner Welt hatte entfliehen wollen, um sie mit einer anderen zu vertauschen, in welche ich mit meiner Schwärmerei ganz und gar nicht hineinpasste. Diese späte Einsicht bewog mich, beim Abt um Entlassung aus dem Orden nachzusuchen, was er mir gewährte. Ich verließ das Kloster allerdings nicht, ohne den Mitbrüdern meine tiefe Dankbarkeit dafür auszudrücken, dass sie mir mit Geduld und Langmut den Wandel ermöglicht hatten. Ich ließ den Ort hinter mir, um endlich ich selbst zu werden.«

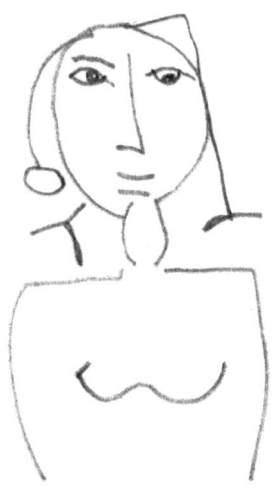

Erzählung 3 – Kunst

Wieder einmal treffen sich die drei Freunde Ron, Eckhardt und Ralph, um die dritte Geschichte, die von Ralph
zu hören. Sie haben sich im *Zentrum Paul Klee* in Bern
verabredet. Hier lassen sie sich zunächst von der Archi-
tektur des Baus und von der Einfachheit der Ausstel-
lungsräume beeindrucken. Beim Gang durch die Ausstel-
lung »Klee trifft Picasso« zieht sie eine jugendliche Kunst-
führerin mit ihrer Vortragskunst und profundem Wissen
eine volle Stunde lang in ihren Bann.

Inzwischen ist es Mittag geworden. Zeit, um sich einen gemütlichen Platz in der Halle des Zentrums zu suchen und sich vom Buffet zu bedienen. Selbst hier bleibt
ihnen nicht verborgen, wie die Cafeteria das elegante und

schlichte Äußere des Bauwerks in der Innenarchitektur fortführt: Geschirr und Besteck, ja sogar die Präsentation von Speisen und Getränken, all dies folgt derselben schnörkellosen Handschrift. Die drei fühlen sich wohl.

Angeregt durch das Kunsterlebnis beginnt Ralph, beim Kaffee seine Geschichte zu erzählen. Er ist eben aus Paris zurückgekommen, wo er wie jedes Jahr das Tennisturnier *Roland Garros* verfolgt hat.

»Ihr wisst ja, dass ich neben dem Turnier immer auch dem guten Essen fröne. Und auch der Besuch eines der unzähligen Kunstmuseen gehört zu meinem Programm. Allerdings bin ich überhaupt kein Kunstkenner. Ich habe ganz einfach eine naive Freude an Skulpturen und Bildern.

Vielleicht zieht es mich deshalb jedes Mal hinauf zum Sacré-Cœur, um nebenan auf der Place du Tertre den Künstlern zuzuschauen. Mittags setze ich mich dann vor das Restaurant *Au Cadet de Gascogne*, gönne mir eine Tranche Foie gras mit Toast und eine kühle Flasche Sancerre. Ich sage euch, es gibt für mich kaum etwas Entspannenderes, ja Vergnüglicheres, als dort den Touristen zuzusehen. Oder die Porträtzeichner zu beobachten und ihnen zuzuhören, wie sie mit ihrem Repertoire an Charme und raffinierten Überredungskünsten den Besuchern aus aller Welt ihr Können schmackhaft machen.«

»Und, Ralph, hast du dich auch schon porträtieren lassen?«, möchte Ron wissen.

»Das gerade nicht. Aber ich kaufe mir meistens ein kleines Bild von einem der zahlreichen Maler.«

»Auch diesmal?«

Ralph rutscht etwas auf seinem Stuhl herum, macht eine säuerliche Miene und erzählt weiter.

»Ja, auch dieses Mal. Und das kam so. Ich schlenderte an einem Künstler vorbei, der auf seiner Staffelei eine Landschaft in Arbeit hatte. Mit der Farbpalette in der Hand nahm er gerade etwas Abstand, drückte ein Auge zu, trat wieder ans Bild, mischte sich mit dem Spachtel ein besonderes Blau und trug es – wie das Tüpfelchen auf dem i – sorgfältig an einer bestimmten Stelle am Himmel auf. Dann schaute er selbstbewusst in die Zuschauerrunde, als ob er um Applaus bäte.«

»Und dieses Bild hast du gekauft?«, fragte Eckhardt.

»Nein, Landschaften sind nicht mein Ding. Aber ich liebäugelte mit einem Frauenakt, konnte mich aber schließlich auch dafür nicht entscheiden. Der Künstler, gekleidet wie ein Bohémien und mit einem Schlapphut, wie ihn mittelalterliche Künstler getragen haben mögen, spürte meine Neugier und verwickelte mich geschickt in ein Gespräch. Er tippte an seinen Hut und verriet mir, dass ihn eigentlich die alten Meister mehr interessierten als das Malen von Kitsch für Touristen. Er habe zufällig einen solchen alten Meister in seinem Atelier. Ich solle ihn doch am Abend besuchen kommen. Er kritzelte seine Adresse auf ein Stück Papier. Er, Alain le Breton, wie er sich nannte, wohne hier auf dem Montmartre, nicht weit weg von der Place du Tertre.«

»Tönt spannend. Bist du tatsächlich hingegangen?«

»Ja klar! Nach dem Abendessen fuhr ich mit der Métro zurück ins 18. Arrondissement und fragte mich zu jenem Gässchen durch, wo Alain wohnte. Ich fand das schmale, dreistöckige Haus in einer Gegend, wo es von zwielichtigen Gestalten nur so wimmelte. Ich studierte das Klingelbrett mit den handgeschriebenen Namen, fand den Namen und klingelte. Das Türschloss schnarrte. Eilig trat ich ein, stieg knarrende, ausgetretene Treppenstufen empor und stieß im zweiten Geschoss auf die offene Tür der Künstlerwohnung.

Mit einer Zigarette im Mundwinkel murmelte Alain le Breton *salut* und winkte mich in sein Atelier. Musette-Klänge kamen aus einer Ecke des Raumes. Ein unglaubliches Durcheinander von angefangenen und fertigen Bildern, ein Busch verdorrter Rosen in einer obszön bemalten Vase, Malutensilien überall, Kochherd und Spültisch überladen mit schmutzigem Geschirr. Mitten im Tohuwabohu stand in einer Art überwältigender Inszenierung eine Staffelei mit einem prächtigen Bild, das eine Madonna mit Kind zeigte. Der Künstler folgte amüsiert meinem überraschten Blick. Nach einer Weile unterbrach er mein Staunen, indem er mir einen Pastis reichte. Eis habe er leider keines, sagte er. Ohne mich ganz von der Madonna lösen zu können, ergriff ich das zwei Finger breit gefüllte Glas, ließ mir etwas Wasser dazugießen und nippte am milchig gewordenen Drink.«

»Hattest du keine Zweifel an der Echtheit des Gemäldes?«, fragte Ron.

»Nicht im Geringsten. Für mich stimmte alles. Die feinen Gesichtszüge von Maria und ihrem Kinde gefielen mit ausgezeichnet. Die Haarrisse im Firnis überzeugten mich vom Alter des Gemäldes. Alain faselte in schnellem Französisch etwas von einem mittelalterlichen Maler, schien sich aber nicht so klar auszudrücken. Unverzüglich begannen wir, über den Preis zu feilschen, für mich eine horrende Summe. Doch ich musste das Bild unbedingt haben. Der Künstler schien das zu spüren.«

»Und setzte dir noch mehr zu, Ralph?«

»Ja, so war es, Eckhardt. Schließlich einigten wir uns bei zwei Dritteln des ursprünglichen Preises. Ich war total begeistert. Aber ein Problem mussten wir noch lösen: Wie bringt man eine so wertvolle Antiquität durch den Zoll, ohne unnötig zur Ader gelassen zu werden? Alain – ich nannte ihn inzwischen so – wusste Rat.

›Ich übermale das Bild noch heute Abend mit einer meiner Touristenlandschaften. Zuhause können Sie das Gemälde von einem Fachmann wieder in den ursprünglichen Zustand zurückversetzen lassen.‹

Da ich zuhause tatsächlich einen solchen Fachmann kannte, stimmte ich bedenkenlos zu.

›Ich trockne das Bild mit dem *sèche-cheveux*, verpacke es in eine Kartonhülse und bringe es Ihnen übermorgen ins Hotel.‹

Wir einigten uns darauf, dass er die eine Hälfte des Geldes sofort erhalten solle und die zweite beim Überbringen ins Hotel. Und alles klappte wie abgemacht.«

»Und jetzt bist du stolzer Besitzer eines mittelalterlichen Gemäldes, einer Madonna mit Kind?«, fragt Ron.

»Leider, liebe Freunde, ist die Geschichte noch nicht ganz zu Ende.«

»Das können wir uns ja denken«, frotzelt Eckhardt.

Unbeirrt fährt Ralph fort: »Ich fuhr zu gegebener Zeit zum Flughafen Charles de Gaulle, die Kartonhülse samt Gemälde im Koffer verstaut. Unbehelligt passierte ich die Sicherheitskontrolle und erreichte eine Stunde später den Flughafen Zürich. Zu meiner Überraschung holten mich die Zöllner heraus. Routinekontrolle! Ich musste den Koffer öffnen. Der Beamte musterte geübt den Inhalt und zog meinen Schatz heraus. Sogleich begannen meine Hände feucht zu werden. Der Zöllner tat, was er tun musste: Er öffnete das Kartonrohr, zog das Gemälde heraus und entrollte es. Mein Puls hatte inzwischen eine rekordverdächtige Höhe erreicht. Doch anstatt mich mit einem harten Blick zu strafen, schmunzelte der Mann. Ein wenig anzüglich, fand ich. Während er wortlos das Bild wieder einrollte, konnte ich einen schnellen Blick darauf erhaschen und traute meinen Augen nicht: Mein Freund Alain hatte sich anstelle einer Landschaft den Scherz eines ziemlich anstößigen Frauenaktes erlaubt.

Zuhause rief ich gleich meinen Bekannten an: Max, den Restaurator und Maler. Ich erklärte ihm mein Anliegen und wir vereinbarten einen Termin in seinem Atelier. Vor seinen Augen enthülle ich die Nackte. Wir lachten beide herzhaft über diesen als Verschleierung gedachten Akt ohne Schleier. An einer Ecke entfernte mein Freund sorgfältig die Übermalung. Er sei sicher, dass sich das darunter liegende Kunstwerk problemlos freilegen ließe. Ich müsse nur ein paar Tage Geduld haben.«

»Und, hat er es geschafft, dein Restaurator?«, fragte Ron.

»Ja, tatsächlich. Er rief mich einige Tage später an und bat mich, das Gemälde abzuholen. Unverzüglich suchte ich ihn auf. In seinem Atelier, in welchem allerdings entschieden mehr Ordnung herrschte als bei Alain, prangte in der Raummitte eine Staffelei mit meinem wertvollen Besitz, der Madonna mit Kind. Max ließ mich das wiedererstandene Bild voll und ganz genießen. Dann aber bat er mich an seinen großen Arbeitstisch, wo ein Kunstband aufgeschlagen war, und zwar auf der Seite, welche dieselbe Madonna mit Kind zeigte.

›Hier siehst du das Original, Ralph. Es befindet sich in der Alten Pinakothek in München und stammt von einem bekannten Florentiner Porträtmaler, von Fra

Lippo Lippi, genannt Filippo Lippi. Er lebte von 1406 bis 1463.‹

›Das Original ist in München, sagst du, Max?‹

›Ja, mein Lieber. Du bist nämlich einem Fälscher zum Opfer gefallen. Zwar versteht er sein Handwerk. Vergleiche zum Beispiel die Gesichter von Madonna und Kind: bis in alle Details sehr gekonnt kopiert; selbst die Farben stimmen perfekt mit dem Original überein. Aber bei den Proportionen der beiden Körper ist ihm offensichtlich die Geduld ausgegangen. So auch beim Bildhintergrund. Im Original befindet sich dort, wie du siehst, eine gebirgige Landschaft. Da hat er einfach eine braungrüne Ebene hingemalt. Und der Firnis samt Haarrissen ist nichts als Blendwerk für – verzeih mir – naive Touristen. Das Original weist nichts dergleichen auf.‹

Darauf schwieg Max. Er wollte den Zorn, der mir offenbar im Gesicht geschrieben stand, nicht weiter provozieren.«

»Ich nehme an, Ralph, dein Temperament hat dich die Fälschung auf der Stelle am Boden zerstampfen lassen?«, fragte Eckhardt.

»Nein, das tat ich nicht. Die Enttäuschung ließ mich nur für einen Augenblick erstarren. Als sich der Bann löste, nahm ich das Bild von der Staffelei und rollte es nachdenklich zusammen, schob es zurück in das Kartonbehältnis, bedankte mich bei Max und verließ ihn. Übrigens: Den Spaß wollte er sich nicht mit Geld verderben lassen. Aber das Ganze ist für mich zum Lehrstück geworden. Die Fälschung hängt heute bei mir zuhause im Studierzimmer, versehen mit der unsichtbaren Beschriftung: *Nur wer sich täuschen lässt, kann enttäuscht werden.*«

Geisterstunde

»Liebe Trauergäste in Christo. Tief betrübt, ja fassungslos nehmen wir in dieser Stunde Abschied von unserem verehrten Professor Doktor Johann Nepomuk von Kempelen, der das Opfer eines Verkehrsunfalls wurde. Während seines ganzen Lebens war er ein aufrechter Mann, der nicht nur in seinem Familien- und Freundeskreis hoch geschätzt war, sondern auch in der Wissenschaft als hervorragender und kluger Geist höchste Anerkennung genoss. Lassen Sie mich in der gebotenen Kürze auf sein wunderbares Lebenswerk eingehen ...«

Und weil sich höchst wahrscheinlich noch weitere Lobhudeleien anbahnen, die ganz und gar nicht meinem unrühmlichen Lebenswandel entsprechen dürften, kann ich mich nicht mehr zurückhalten: Ich schleudere den Deckel meiner Urne weg, schieße als unsichtbarer Geist aus dem Gefäß heraus und sause mit so großem Tempo drei Runden um den salbungsvollen Pfarrer, dass sein

Manuskript mit der schwülstigen Rede hoch aufgewirbelt wird und die Kerzen rundum erlöschen.

Totenstille! Entgeistert starren die Trauergäste und der Pfarrer auf die sachte zu Boden schwebenden Blätter. Dann sinkt Hochwürden schwerfällig in die Knie und beginnt die Seiten zusammenzuklauben. Entsetzt verlassen die ersten Trauergäste die Friedhofkapelle, gefolgt vom Rest meines engsten Familienkreises. Meine Totenfeier, die ich ohnehin nicht gewollt hatte, war geplatzt!

Nun kann ich überraschend wahr machen, was ich mir schon zu Lebzeiten ausgemalt habe, nämlich nach meinem Tod noch eine Weile als Geist herumzuvagabundieren, ein paar Menschen heimzusuchen und sie ein bisschen zu erschrecken.

Was mich beim Pfarrer so in Rage gebracht hat, waren nicht so sehr seine falschen Sprüche, sondern dass ich ganz deutlich in seinem Herzen – im Widerspruch zu seiner salbungsvollen Beerdigungsrede – die Worte hören konnte: ›Einmal mehr erzielt meine Leier die gewünschte Wirkung ... die Trauernden in der ersten Reihe vergießen schon Tränen ... ich habe doch ganz anderes über diesen Kerl gehört ... stockbetrunken soll er gewesen sein ...‹ – Die Sache beginnt mir Spaß zu machen.

Während der Hausmeister mit Besen und Schaufel die leere Halle von den Überresten meiner Tat säubert und meine Asche zurück in die Urne füllt, überlege ich, wer mein nächstes Opfer sein könnte. Ich entschließe mich, an meine Alma Mater zurückzukehren und in Erfahrung zu bringen, wie man in der Fakultät über meine durchzechte Nacht und die anschließende Unfallfahrt tratschte. Ich mache mich an den Dekan heran, den alten Griesgram Kandinsky, ein Mensch, der längst jede Art von Humor aus seinem Leben verbannt hatte.

Er ist gerade mit dem Kollegen Hartmann zusammen und meint: »Tragische Geschichte mit dem Kempelen. Das hätte nicht passieren dürfen. Er hatte eine große Karriere vor sich.«

In seinem Herzen aber lese ich: ›Nie hat der Johann Nepomuk sich im Leben so abrackern müssen wie ich, der ich meine akademische Laufbahn hart erkämpfen musste. Er mit seiner Beredsamkeit und seiner gewinnenden Art hätte wohl schon bald höhere Weihen empfangen. Wie habe ich ihn beneidet! Trotzdem, bedauerlich sein Tod. Aber vielleicht bekomme ich jetzt endlich meine Chance.‹

Und Hartmann entgegnet: »Unter uns gesagt, Herr Kollege, trotz seinem exzellenten Können hat der Kempelen mit seinem Lotterleben dem Ruf unserer Fakultät arg geschadet. Das hat jetzt ein Ende. Pech für den Kollegen – Glück für unsere Fakultät.« – Und in seiner Seele sehe ich, dass er es exakt so meint, wie er es sagt.

Kandinsky sieht nicht nur leidend aus, er leidet wirklich schon ein Leben lang, während Hartmann rundheraus sagt, was er denkt. Darum sehe ich vom Piesacken ab und schwebe zu einem neuen Opfer.

Ich finde es in meinem ehemaligen Zuhause: die geschwätzige Nachbarin Frau Opitz. Ihr entgeht nicht das Geringste von dem, was sich im und ums fünfstöckige Haus abspielt. Und was sie an Unrat vermisst, das erfindet sie und setzt es in Form von Gerüchten in die Welt. Wie gewöhnlich lehnt das Klatschweib aus ihrem Fenster im zweiten Stock. Schadenfroh und neugierig zugleich grinst sie über die liebenswürdige alte Dame aus der Erdgeschosswohnung, die sich schwer beladen mit dem Samstagseinkauf nach Hause kämpft.

»Die kann sich alles leisten ... ist ja steinreich ... tut ihr gut, dass sie ihren Plunder mühsam schleppen muss ...«, höre ich die Opitz quasseln. Schnell wie der Wind schieße ich knapp am Kopf der Unbarmherzigen vorbei und zerzause ihre ohnehin ungepflegte Frisur. Das lässt sie heftig zusammenfahren. Ihre schwarze Katze auf dem schmuddeligen Sofa scheint meine Ankunft bemerkt zu haben, denn Tiere haben manchmal einen sechsten Sinn. Fauchend erhebt sie sich und macht einen Buckel. Ich stupse sie an, worauf sie in Panik durch die Wohnung rast, auf den Esstisch springt und dabei eine Blumenvase zu Boden reißt, die in hundert Scherben zerschellt. Frau Opitz fährt herum. Mit ›Oh Gott lass nach!‹ bricht auch sie in Panik aus: Vor Schrecken sperrt sie den fast zahnlosen Mund auf und schreit. Sie versucht, die herumrasende Katze einzufangen, und stößt dabei zwei Stühle, ihr altes Spinnrad und eine Stehlampe um. Das Chaos ist perfekt.

Ich aber bin bereits beim nächsten Opfer, nämlich in der darüber liegenden Wohnung bei Herrn Grendelmaier. Ob dem Radau ist er aus seinem Halbschlaf erwacht. Empört stemmt er seinen dicken Wanst aus dem Lehnstuhl und stampft zornig auf das Parkett, doch das Getöse im unteren Stock wird kein bisschen leiser.

Zuerst versetze ich seinem großkotzigen Schreibtisch einen so kräftigen Stoß, dass die gefälschte Tiffany-lampe herunterstürzt und zerbricht. Dann greife ich lustvoll nach der TV-Fernbedienung, setze den Apparat mit maximaler Lautstärke in Betrieb und schmettere das Steuergerät an die nächste Wand. Auf dem Bücherregal sticht mir seine Zigarrenkiste aus wertvollem Tropenholz ins Auge. Ich wische dieses Sinnbild von Protz vom Regal, worauf es am Boden auseinanderbirst und die Zigarren in alle Richtungen davonrollen. Mit rotem Kopf beginnt Grendelmaier, die Opitz stellvertretend für das Kleinbürgertum zu verfluchen, jene Wählerschaft also, der er einige Monate zuvor noch die Stimmen für seine Wiederwahl mit unhaltbaren Versprechen abgeluchst hatte. Das macht er stets so geschickt, dass er seine Lügengeschichten manchmal selber glaubt. Doch jetzt hat er, was höchst selten ist, seine Fassung völlig verloren.

Vergnügt, aber noch nicht ganz befriedigt nehme ich Abschied vom Haus und den zwei Bewohnern, deren Gehabe mich über Jahre genervt hat.

Ich beschließe, mich einem ruhigen und bescheidenen Menschen zuzuwenden. Draußen vor der Stadt, so erinnerte ich mich, lebt ein eigenartiger Habenichts. Aus unerfindlichen Gründen hat es mich immer wieder zu ihm hingezogen, gerade so, als wären wir verwandte Seelen. Doch haben wir nie auch nur ein einziges Wort miteinander gewechselt. Er scheint mich nicht einmal wahrzunehmen.

Wenn er nicht in den Straßen der Stadt um Gaben bettelt, haust er unter einer vom Rost zerfressenen Eisenbahnbrücke, die seit Jahrzehnten kein Zug mehr passiert hat. Zusammengezimmertes Abfallholz dient ihm als Behausung. Vojtech, wie die Leute den Einäugigen nennen, war vor Jahren in der Stadt aufgetaucht. Niemand wusste, woher der Grauhaarige kam, noch wie und warum ihn das Schicksal hierher geführt hatte, denn außer seinem Namen war nie ein Wort aus ihm herauszubringen. Man sagte von ihm, er habe seinen Frieden mit Gott und der Welt gemacht.

Ich finde den Alten vor seiner erbärmlichen Behausung. In Lumpen gekleidet hockt er auf dem bloßen Boden und stochert in einem kleinen Feuer, das ihm die

Kälte etwas erträglicher macht. Bisher bin ich immer in respektvollem Abstand vorbeigegangen, jetzt setze ich mich ihm direkt gegenüber auf die Erde. Er hebt sein zerfurchtes Gesicht und richtet sein einziges Auge auf mich. Dann vernehme ich seine innere Stimme: ›Die Geister der Toten kommen oft hierher. Denn auch ich lebe in einer Zwischenwelt. Das Meiste, was mich am Leben hält, habe ich losgelassen. Doch nicht alles. So wie auch du das Gefühl hast, noch herumgeistern zu müssen! Heute kann ich mich endlich von einer drückenden Last befreien, um zur endgültigen Ruhe zu finden. Hör mir gut zu!‹

Und nach einem tiefen Seufzer beginnt er zu erzählen: »Vor Jahrzehnten gehörten meine Frau und ich als Pianisten und Lehrer an der Musikakademie von Bratislava zu den angesehenen Bürgern der Stadt, bis eines Tages unser Leben eine dramatische Wende erfuhr. Wir hatten eben unser erstes Kind auf die Vornamen des berühmtesten Pianisten und Komponisten unserer Stadt getauft, als meine Frau mir durch eine heimtückische Krankheit entrissen wurde. Für mich brach die Welt zusammen. Ich versuchte, meine Trauer im Alkohol zu ertränken und geriet dadurch in Schulden. So wie ich mich vernachlässigte, vernachlässigte ich auch meinen kleinen Sohn, bis sich eines Tages gute Freunde seiner erbarmten und ihn zu sich nahmen. Ohne Hab und Gut zog ich aus der Stadt und wurde zum Landstreicher. Zum Gram über meine verlorene Frau gesellten sich Gewissensbisse wegen meines zurückgelassenen Sohnes. Ich nahm ein entbehrungsreiches Vagabundenleben und auch das Schweigen auf mich, um so ein wenig von meiner Schuld abzutragen. Heute haben sich unerwartet die Geister meiner erbarmt, weil ich dir, meinem Sohn Johann Nepomuk, endlich mein Herz ausschütten durfte.«

Mit diesen Worten sank der Greis Vojtech von Kempelen, der mein Vater gewesen war, in sich zusammen, verließ seinen Körper und wechselte hinüber zu mir ins Reich der Geister. Und damit fanden wir beide zum endgültigen Frieden.

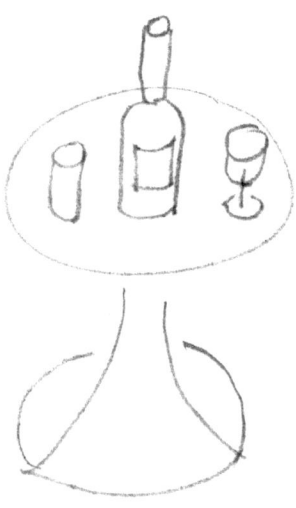

Achtsamkeit

Andreas und Felix treffen sich in der stillen Ecke eines Landgasthofs. Es ist ein Ort, den sie zusammen mit ihrem Freund Hannes früher oft besucht haben. Hannes ist auf den Tag genau vor einem Jahr an Krebs gestorben.

Nachdem sie Rotwein bestellt und ihn gekostet haben, hängen die beiden einen Moment ihren Erinnerungen nach. Ihre Gedanken schweifen ein Jahr zurück zum schrecklichen Krebstod von Hannes. Felix unterbricht als Erster die Stille. Er stützt den Kopf auf seine Hände und murmelt: »Ich bin immer noch nicht darüber hinweg. Immer wenn wir hier sitzen, sehe ich ihn vor mir. Dort, gegenüber, auch mit einem Zweier Roten und im Qualm seiner obligaten Zigarre.«

»Vielleicht schaut er uns jetzt gerade zu, Felix, und versteht nicht, warum wir bei seinem Andenken Trübsal blasen.«

»Du redest dummes Zeug, Andreas. Da ist kein Hannes, der uns zuschaut, weil er nämlich mausetot ist und das unwiederbringlich. Aus und vorbei.«

»Aber es könnte doch sein ...«

»Hör auf! Lies nur noch mehr von deinen hochgeistigen Büchern. Dann glaubst du am Ende wirklich noch an so esoterisches Zeug.«

»Was meinst du mit ›esoterischem Zeug‹?«

»Dein Glaube an ein Leben nach dem Tod.«

»Daran glaube ich tatsächlich.«

»Dann müsste es hier von Geistern nur so wimmeln. Stell dir vor, der alte Blöök, unser Dorforiginal, würde dir vis-à-vis sitzen und dich mit seinen blutunterlaufenen Augen fixieren. Und erst unser hochnäsiger Lehrer Bienz ...«

»Komm, lass deine Witzchen bleiben.«

»Der Herr sind beleidigt, was?!«

»Bitte, Felix ...«

Beide schauen sich einen Moment lang in die Augen. Dann spült Felix die schlechte Stimmung mit einem kräftigen Schluck Wein herunter, während Andreas nur seinen Römer schwenkt. Die Spannung löst sich, weil ein paar Gäste, die eben das Lokal betreten, für Ablenkung sorgen.

Nach einigen Minuten nimmt Andreas den Faden wieder auf.

»Kannst du dir wirklich nicht vorstellen, dass dein jetziges Dasein nur ein Ausschnitt aus einer viel größeren Zeitspanne ist, Felix?«

»Nein, kann ich nicht. Wie kommst du auf so was?«

»Ich schaue in die Natur. Pflanzen sterben im Herbst ab. Im Frühling wachsen sie neu. So geht alles Leben in den Tod über, um neuem Leben Platz zu machen – in einem natürlichen Rhythmus.«

»Natürlich? Mir läufts kalt über den Rücken.«

»Das hat etwas mit der verbreiteten Lebensart in unserem Kulturkreis zu tun. Jeder Gedanke an den Tod wird mit dröhnendem Aktivismus zugedeckt und verdrängt. Wenn dann Menschen sterben, die uns nahestehen, machen wir ein Riesentheater und beklagen, dass es ausgerechnet diese oder jenen treffen musste. So wie unseren Freund Hannes. Wir mögen es nicht, aufgerüttelt zu werden, weil das daran erinnert, dass es morgen mich oder dich treffen könnte. Ein schnelles Auto oder ein Herzinfarkt – und aus.«

»Jetzt bist du aber mächtig in Fahrt gekommen. So habe ich dich noch nie reden gehört. – Aber möglicherweise hast du gar nicht so unrecht.«

Und wieder verlieren sich beide einen Moment in ihren Gedanken. Schließlich fragt Felix: »Und, Andreas, wie, meinst du, sollte man vor dem Hintergrund dieses wiederkehrenden Wechsels von Leben und Tod das Dasein gestalten?«

»Ich weiß nicht, was für dich und für andere gut ist. Ich kann nur für mich reden.«

»Ja?«

»Ich versuche, meine Welt bewusster wahrzunehmen. Eine wilde, blühende Iris ist im Augenblick ein wunderbarer Anblick. Gleichzeitig ist mir bewusst, dass sie aus

Verwelktem gewachsen ist und morgen erneut verwelken und zerfallen wird. Aber übers Jahr wird an der gleichen Stelle eine neue Pflanze heranwachsen.«

»Und so läufst du durch die Welt – immer in solch tiefschürfende Betrachtungen versunken?«

»Das gerade nicht. Aber mehr als früher versuche ich, meine Achtsamkeit auf den Augenblick zu konzentrieren und innerlich nicht ständig abzuschweifen.«

»Auf meinen Ferienreisen bin ich doch immer voll präsent.«

»Ja. Aber darf ich dich mal Folgendes fragen: Was würdest du tun, wenn du jetzt erfahren würdest, dass du morgen blind sein wirst?«

Felix überlegt eine Weile. Dann antwortet er: »Ich würde alles um mich herum nochmals genau ansehen. Die Menschen, Tiere, Pflanzen, meine Bilder. Ich würde mein Lieblingsbuch hervorziehen und einige Stellen ein letztes Mal konzentriert lesen. Ich würde den Nachthimmel sehen wollen. – Ich ... ich hätte wahrscheinlich viel zu wenig Zeit.«

»Du müsstest also vieles weglassen. Was?«

»Alles, was mir für diesen letzten Augenblick des Sehens nicht wertvoll genug ist. – Aha, Andreas, jetzt erahne ich langsam, was du mit Achtsamkeit meinst.«

Und wieder dehnt sich Schweigen aus, bis Felix fragt: »Und was hat das alles mit dem Leben nach dem Tod zu tun, Andreas?«

»Weil mein Leben nur relativ kurze Zeit dauert, möchte ich Dinge von nachhaltigem Wert tun und nicht blindlings durch mein Leben rasen. Und eines Tages wird mein Tod, auch wenn er mich ganz persönlich trifft, nichts Unbekanntes und Schreckliches mehr sein. Denn ich habe kleine und große Tode schon vorher erfahren, bei jedem Atemzug, beim Schlafen und Aufwachen, beim Wechsel der Jahreszeiten, ja sogar bei der Regeneration der Natur nach Katastrophen.«

»Es sieht aus, als ob Hannes uns mit seinem Tod etwas Wichtiges sagen wollte. Meinst du nicht auch, Andreas?«

»Ja. Wäre sein Tod uns nicht so nahe gegangen, hätte dieses Gespräch keinen so tiefsinnigen Ausgang nehmen können.«

Vielleicht hat Hannes uns doch zugehört, denken beide und stoßen auf ihren verstorbenen Freund an.

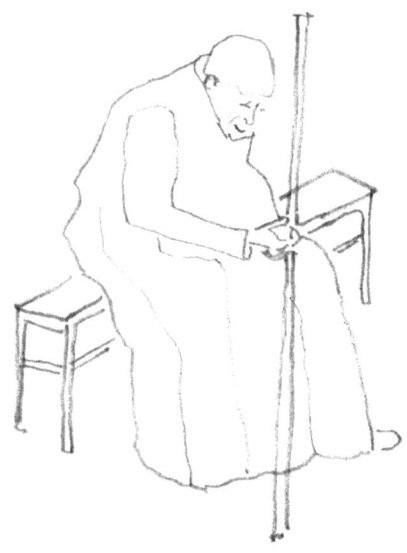

Episode 1 – Kuonrât

Er müsste eigentlich glücklich sein, schließlich hat man ihn auf den Namen Felix getauft. Doch die freudigen Momente in seinem Leben lassen sich an einer Hand abzählen, behauptet er, wenn man ihn auf *nomen est omen* anspricht. Es gibt Momente, da trieft er vor Schwermut. Dann schließt er die Tür zu seiner Wohnung hinter sich und kann stundenlang in düsterer Literatur wühlen oder einfach vor sich hin starren und sich und seine Trübsal bedauern.

Manchmal gelingt es ihm, sich ein wenig aus der Düsternis zu befreien. Dann streift er abseits von Pfaden auf ausgedehnten Märschen durch die Wälder in seiner näheren und weiteren Umgebung. Die Grüße von Leuten, die ihm ab und an begegnen, erwidert er mit keinem Wort. Er scheint nichts und niemanden wahrzunehmen. Man tritt zur Seite und lässt den Hinkenden vorbei. Die Leute erzählen, dass er seinen Kopf so traurig hangen lässt, dass es einem fast das Herz bricht. Einige wollen sogar gesehen haben, dass sich selbst Tannen, Bäume und Sträucher von ihm wegbiegen.

Eines Tages stapft Felix im Dauerregen blindlings durch einen dichten Wald. Große Wolken verdunkeln den Frühsommertag. Wie Tannenflechten hängen die patschnassen Haare vom unbedeckten Haupt des hageren Mannes herunter. Hemd und Hosen sind längst durchnässt und aus den Schuhen schwappt Wasser. Er gleicht eher einem Waldschrat als einem Menschen. Er schlägt sich ziellos durch das Unterholz. Dunkelheit herrscht vor allem in seinem Innern.

Plötzlich tritt er hinaus auf eine Waldlichtung. Er kann sich nicht erinnern, schon jemals hier gewesen zu sein. Vor ihm dehnt sich die schwarze Fläche eines großen Teiches aus. Der Regen hat inzwischen aufgehört. Die grauen Wolken beginnen, wärmenden Sonnenstrahlen Platz zu machen. Am gegenüberliegenden Ufer entdeckt Felix einen weißhaarigen Mann, der regungslos auf einem Baumstrunk vor seiner Hütte sitzt. Felix fühlt, dass der Alte die Augen auf ihn richtet und dass er ihn ruft, obwohl kein Laut zu hören ist. Magisch angezogen folgt Felix dem Uferweg. Die Augen folgen ihm.

Drüben angekommen, weist ihn der Weißhaarige mit einer knappen Handbewegung zu einem zweiten Baumstrunk. Felix gehorcht und setzt sich. Seine nassen Kleider lassen ihn zittern. Es ist ihm nicht unangenehm, dass das Schweigen minutenlang anhält. Mit scheuen Blicken mustert er die Gestalt des Weißhaarigen. Ähnlich einem Mönch trägt er einen erdfarbenen Umhang, dazu einen schwarzen, breitkrempigen Schlapphut. Knorrige Hände umfassen einen derben Wanderstock, der zwischen einem soliden Paar Schuhe mit hohem Schaft abgestützt ist. Am eindrücklichsten aber sind die Augen des Greises. Felix scheint es, dass sie ihn kritisch mustern, aber auch Güte ausstrahlen.

»Was bedrückt dich, Felix?«, fängt der Alte an zu sprechen.

Jedem anderen wäre er ausgewichen, er hätte das Gesicht abgewandt und die neugierige Frage mit keiner Silbe gewürdigt. Er will antworten, doch ist ihm die Frage zu direkt, außerdem wundert er sich, woher der Alte seinen Namen kennt. Dieser nimmt die Antwort vorweg: »Ich bin Kuonrât[1] und kann hören und sehen, was anderen entgeht.«

»Dann wundert mich deine Frage nach meinem Kummer. Könnte es sein, dass Du von meiner trüben Kindheit weißt. Auch davon, dass ich in meinem Dasein keine Erfüllung finde?«

»Ja, ich weiß es. Aber erzähle es mir in deinen Worten.«

Stockend und unsicher beginnt Felix zu berichten: »Meine Eltern und die einzige Schwester habe ich als Sechsjähriger durch einen tödlichen Unfall verloren. Zusammen mit mir sind sie in den Bergen in eine Schlucht gestürzt. Schwer verletzt wurde ich als einzig Überlebender geborgen. Lieber wäre ich auch gestorben. Die Genesung ließ lange auf sich warten. Zurück blieb ein

---

[1] Kuonrât ist mittelhochdeutsch und bedeutet *weiser Ratgeber*

schlecht verheiltes Bein. Die anderen Kinder haben mich wegen meines Hinkens oft geplagt, auch deshalb, weil ich in einem Internat leben musste. Hämisch nannten sie das ›Heimkarriere‹. Außerdem hat mich vor einigen Jahren meine Frau nach nur fünfjähriger Ehe verlassen, seither stehe ich erneut am Abgrund, bin einsam und allein. Selbst meine Arbeit als Tierpfleger will mir nicht recht Freude machen, obwohl ich von den Tieren manchmal so etwas wie Mitgefühl spüre. Ständig gräme ich mich über unsere Welt, die voller Gewalt und Leiden ist.«

»Leben ist Leiden, Felix, das ist eine Wahrheit. Doch der ständige Kampf gegen dein Leben verhindert, dass dein Herz sich öffnen kann für den Frieden des gegenwärtigen Augenblicks.«

Felix kommen Tränen der Verzweiflung; die Worte des Alten haben ihn schwer getroffen. Lange herrscht Schweigen. Gleich einem, der verzweifelt nach dem letzten Strohhalm greift, ringt Felix sich schließlich die Frage ab: »Was kann ich denn tun?«

»Du hast einen langen Weg vor dir. Kehre nach Hause zurück und denke darüber nach, was du bei deiner Aufzählung von Erfreulichem übersehen hast, und wo der Ursprung deines Leidens sein könnte. Wenn du Antworten gefunden hast, komm wieder hierher. Dann reden wir weiter.«

Felix seufzt. Erneut erforscht er das faltige Gesicht von Kuonrât. Er nimmt darin nicht nur Ernst, sondern wiederum Güte wahr. Das tut ihm wohl und lässt etwas Mut aufkeimen.

Mit einem Mal spürt er die wärmenden Sonnenstrahlen und sieht, dass der Teich jetzt nicht mehr schwarz, sondern blaugrün ist, auch dass Seerosen die Ufer säumen. Er meint, etwas von dem Frieden zu spüren, von dem der alte Kuonrât gesprochen hat. Er fasst Vertrauen, steht auf, bedankt sich und macht sich nachdenklich auf den Weg nach Hause.

Episode 2 – Ego

Auf dem Nachhauseweg durch den Wald ist Felix immer
noch wie benommen von der Begegnung mit Kuonrât,
dem Weisen. Vor allem beschäftigt ihn dessen Bemer-
kung, dass Leben Leiden sei. Klar, das hat er seit dem
grausamen Bergtod von Eltern und Schwester immer so
empfunden. Doch nun ist ihm aufgetragen, darüber
nachzudenken, ob es seither auch andere, erfreuliche
Momente gegeben habe. Ist das nicht ein Widerspruch –
hier Leiden, dort Freude? Felix mag solche Gegensätze
nicht und entscheidet sich, diesen Gegensatz bei der
nächsten Begegnung mit dem Alten zu klären.

Zurück in seiner einsamen Wohnung fällt ihm zum ersten Mal auf, dass er in einem Chaos lebt. Nicht nur in der Küche, auch im Ess- und im Schlafzimmer stapeln sich auf und zwischen den Möbeln zahllose Erinnerungsstücke und schmutziges Zeug. Selbst sein altes Fahrrad hatte er ins dritte Stockwerk hinaufgetragen, es aber im Esszimmer unbenützt verstauben lassen. Daneben lagert, mit einem groben Stück Felsgestein beschwert, ein Stapel vergilbter Zeitungen: Die Chronik des Bergunglücks, das ihm Eltern und Schwester genommen hat. Vom Buffet lächeln ihm die Gesichter der drei Verstorbenen entgegen. Manchmal kann er den Anblick nicht mehr ertragen und dreht die Fotos um. Der winzige Esstisch, der nur zwei Personen Platz bietet, ist mit schmutzigem Essgeschirr überladen. Achtlos hingeworfene Kleider machen den zweiten Stuhl unbenützbar. Sein einziger Wandschmuck ist ein Zookalender, der einen Clownfisch zeigt, umgeben von den Tentakeln einer Blasenanemone; denn Felix ist im Zoo für die Aquarien verantwortlich – eine Arbeit auf Zeit. Im Schlafzimmer sieht es nicht ordentlicher aus. Das Bett ist zerwühlt. Die offene Schranktür enthüllt die wenigen Kleider, die er besitzt. Überall schmutzige Wäsche und abgestandene Luft – zum Schneiden dick.

Felix entledigt sich seiner Schuhe und wirft sich auf das Bettlaken, das einst weiß gewesen war. Wie schon oft überkommt ihn das Elend ob seiner traurigen Existenz, ein Dasein ohne Frau und ohne Familie. Weinen kann er nicht mehr, seine Tränen sind schon vor Jahren für immer versiegt.

Nach einer Weile bringt die Erinnerung an den weisen Kuonrât einen Lichtschimmer in sein umwölktes Gemüt. Er steht auf und streift durch Zimmer und Küche. Es drängt ihn, das Chaos loszuwerden und Ordnung zu schaffen. Als Erstes trägt er das gebrauchte Essgeschirr in die Küche und macht sich ans Abwaschen. Dann wirft er alle herumliegenden Kleider und das schmutzige Bettzeug auf einen Haufen. Den Stapel bringt er hinunter in die Waschküche, füllt eine erste Trommel, gibt Waschmittel dazu und startet die Maschine.

Zurück in seiner Wohnung hat er den Eindruck, besser atmen zu können. Das spornt ihn an, mit dem Aufräumen weiterzumachen, diesmal mit der Vergangenheit.

Im Esszimmer öffnet er das Buffet und greift nach der Schuhschachtel mit den Erinnerungen. Er hätte nicht sagen können, wann er sie das letzte Mal hervorgeholt hat; es musste Jahre her sein. Er benützt den Esstisch zum Auslegen der Andenken. Zuerst sucht und findet er das silberne Muttergottesmedaillon, das seine Mutter an einem dünnen Kettchen um den Hals getragen hatte. Auch stößt er auf die Armbanduhr seines Vaters, wo verkrümmte Zeiger hinter dem zerbrochenen Uhrglas immer noch die Todeszeit anzeigen. Die zahlreichen Fotos lassen Erinnerungen aus seiner Internats- und Schulzeit wieder aufleben, alles Momente und Bilder aus glücklicheren Tagen: Das Internatsleiterehepaar, das ihn mit fester Hand aber gerecht durch seine wilden Jugendjahre geleitete; der Geschichtslehrer aus der Mittelschule, der es immer wieder verstand, Felix mit seiner Erzählkunst so zu fesseln, dass ihn die Weltgeschichte bis auf den heutigen Tag nie mehr losgelassen hat; der Philosophieprofessor, der ihn neugieriges Fragen, konstruktives Zweifeln und gründliches Nachdenken lehrte. Mithilfe solcher Lehrer schaffte er die Reifeprüfung, fing ein Biologiestudium an, das er aber leider abbrach. In guter Erinnerung ist ihm immer noch die Begegnung mit jener

Dame, die ihn in einen Zirkel von Künstlern, Musikern und Literaten geführt und ihm auf diesem Weg die Augen für Schönes geöffnet hatte. Die Schachtel birgt auch Bilder aus den glücklicheren Tagen seiner allzu kurzen Ehe. Für ein unbeschwertes Stöbern in diesen Fotos fühlt er sich jetzt noch nicht bereit.

Das Eintauchen in die Vergangenheit lässt die Stunden im Nu vergehen. Je weiter sich der Tag der Nacht zuneigt, umso mehr kommt bei Felix Sehnsucht auf; bekümmert wünscht er sich die glücklichen Zeiten zurück.

In den nächsten Tagen widmet er sich noch öfter dem Schwärmen im Tresor seiner Erinnerungen. Nach einiger Zeit hat er den Eindruck, dass er Kuonrâts Aufgabe nun gelöst habe, nämlich darüber nachzudenken, was ihm das Leben neben dem Leiden an Erfreulichem geschenkt hat. Noch weiß er allerdings nicht, warum ihn die schönen Erinnerungen nicht ganz aus dem Kummer befreien. Er beschließt, den Weisen um Rat zu fragen.

Bei fast wolkenlosem Himmel bricht er früh am Morgen auf in den Wald, hoffnungsvoll und etwas ungestüm. Er möchte so schnell und so direkt wie möglich die Lichtung Kuonrâts erreichen. Aber je eiliger er vorwärtsstrebt, umso unüberwindlicher versperrt ihm Dickicht den direkten Weg. Das zwingt ihn zu Umwegen und macht ihn immer wütender. Er schleudert Geäst zur Seite und trampelt Brombeerranken nieder, die an seinen Hosen zerren und ihm die Waden zerstechen. Aus der Wut wird Verzweiflung, dann Trauer über die Waldlichtung, die ihm verborgen bleibt. Er lässt alle Hoffnung fahren. Völlig gleichgültig und ziellos bewegt er sich mit schleppenden Schritten noch eine Weile weiter. Schließlich entscheidet er, umzukehren. Genau in diesem Moment öffnet sich der Wald und gibt den Blick frei auf den Seerosenteich, der in der Morgensonne glitzert. Gegenüber entdeckt er Kuonrât, der ihn schon erwartet. Felix folgt dem Ufer bis zum Weißhaarigen, der ihn wie letztes Mal zum Sitzen einlädt. Wieder mustern sich die beiden eine Weile. Und erneut ist es der Alte, der das Schweigen bricht.

»Was denkst du, Felix, warum hat dich der Wald so lange in seinen Fängen gehalten? Und warum hast du doch noch hergefunden?«

»Ich habe das Gefühl, nicht ich habe die Lichtung gefunden, sondern die Lichtung hat mich gefunden.«

»Du hast recht. Dein ichbezogenes, leidenschaftliches, ja unstillbares Verlangen nach diesem Ort und die Frustration über das Herumirren haben dich leiden lassen. Erst das Ablassen von deiner Gier und die Wende zur Absichtslosigkeit haben dich hierher geführt.«

»Die Ursache für meine Qual liegt also im unstillbaren, ja gierigen Verlangen – im Habenwollen.«

»Ja. Und was für deinen Weg durch den Wald zutrifft, gilt ebenso für den Weg durch das ganze Leben. Höre, wie es weise Buddhisten[2] ausdrückten: *Angst, Wut, Schuldgefühle, Einsamkeit und Verzweiflung sind Emotionen, die wir in unserem Denken erzeugen. Sie nähren das Leiden. Es ist nichts Intelligentes daran, nicht glücklich zu sein.*«

Felix ahnt die Tragweite dieser Worte. Die selbst erfahrenen Ursachen des Leidens sind offenbar eine fundamentale Wahrheit.

Kuonrât bestätigt das und erweitert die Auslegung: »Zu den Ursachen des Leidens gehören auch Sehnsüchte

---

[2] Der 14. Dalai Lama sowie die Gelehrten Arnaud Desjardins und Matthieu Richard.

und Wünsche, wie beispielsweise jene, die du zuhause beim Betrachten der Erinnerungsstücke genährt hast. Gib solchen Vorstellungen und vermeintlichen Idealen keinen Raum mehr! Sie entspringen nur deinem Ego. Löse dich von solchem Verlangen. Lebe das Hier und Jetzt, den Augenblick. Er enthält alles, was du zum Glücklichsein brauchst. *Am besten erfährst du das von Kindern, Alten und Vagabunden. Die lachen leicht aus vollem Herzen. Sie haben nichts zu verlieren und erhoffen wenig. In der Begegnung mit ihnen erlebst du eine ergreifende Atmosphäre von Einfachheit und von tiefem Frieden.*«

›Das hört sich alles so überzeugend an‹, denkt Felix und fragt Kuonrât: »Und was rätst du mir?«

»Kehre wieder nach Hause zurück. Vertraue darauf, dass dein Herz dort, wo es gebrochen ist, stark werden kann. Nimm mit, dass du stets die Möglichkeit zu einem Neubeginn hast. Überlege, was du unbedingt dazu brauchst. Dann versuche, dich Schritt um Schritt von allem Übrigen zu trennen.«

Noch streiten Mut und Zweifel in Felix' Innern, aber er will unbedingt wagen oder mindestens versuchen, was Kuonrât ihm vorschlägt. Im Vertrauen, dass sein Lehrer jederzeit für ihn da ist, nimmt er Abschied.

Leichter als beim Kommen tragen ihn die Füße durch den Wald. Und zum ersten Mal vermag er, die Schönheit der Natur ein wenig zu genießen.

Episode 3 – Loslassen und reifen

Felix hat zwar seine Wohnung vom materiellen Chaos befreit, wenn auch nicht vollständig. Die Schachtel mit den Erinnerungen ist weggeschlossen, nicht nur im Buffet, auch in seiner Seele.

Nach seinem zweiten Treffen mit Kuonrât begann er, ein anderes Verhältnis zum Vergangenen zu gewinnen. Das Andenken an seine Familie schmerzte ihn nach wie vor, aber er erkannte jetzt, dass diese Zeit unwiderruflich vorbei war, dass es nichts zurückzuholen gab und dass das so gut war. Das Gleiche galt für alle schönen Erinnerungen, für die er dennoch dankbar blieb. Er erkannte, dass alles Vergangene seinen Sinn hatte; es bot ihm Möglichkeit zu reifen. Nur war ihm das bis jetzt nicht bewusst gewesen.

Mit diesen Einsichten durchschreitet Felix während der folgenden Tage und Wochen noch einmal die Vergangenheit und hält bei jedem Ereignis inne. Er misst dessen Nutzen für das Hier und Jetzt, befreit sich von allem Unnützen und schafft sich ein neues, ungebundenes Selbstbewusstsein. Je mehr er sich von seiner eigenen Wichtigkeit und den belastenden Emotionen befreit, umso heller wird es in seinem Inneren. Den Leuten in seiner Umgebung bleibt das nicht verborgen. Erstaunt nehmen sie wahr, wie Felix sich nach und nach zu einem sympathischen Mitmenschen wandelt. Selbst die Tiere im Zoo scheinen seine Veränderung zu spüren und danken es ihm mit mehr Zutraulichkeit.

Felix freut sich über den Reifeprozess, ist sich aber auch der Gefahr bewusst, der Überheblichkeit zu verfallen. Er beschließt, erneut den weisen Kuonrât mit der Bitte aufzusuchen, ihm die nächsten Schritte auf dem Wachstumspfad zu weisen.

Wieder begibt er sich morgens in den Wald. Es ist Herbst geworden. Ohne eine bestimmte Richtung einzuschlagen, wandert er durch das Gehölz. Er tut es im Glauben, dass ihm die Füße schon den rechten Weg weisen werden, wenn die Zeit gekommen ist. Sonnenstrahlen durchbrechen letzte Nebelschwaden und lassen die herbstlichen Farben leuchten. Irgendwo hämmert ein Specht und im Unterholz raschelt unsichtbar fürs Auge ein Tier. In seiner Nase meint Felix, den Duft von Morcheln wahrzunehmen. Unbekümmert genießt er die Waldung und fand sich unvermittelt am Teich wieder.

Eben tritt Kuonrât aus seiner Hütte und winkt ihn freundlich zu sich.

»Ich sehe, dass dir schon vieles gelungen ist. Das strahlst du aus.«

Bescheiden dankt Felix seinem Lehrer für die Anerkennung und kommt bald einmal auf sein Anliegen zu sprechen.

»Es ist mir bewusst, dass mir dank deiner Unterweisung ein bedeutender, aber auch prägender Schritt für mein neues Leben gelungen ist. Nun möchte ich ganz erwachen und auf dem eingeschlagenen Pfad weitergehen.«

»Tatsächlich ist dein Weg noch nicht zu Ende. Eigentlich endet er nie, denn das Leben hält immer wieder Prüfungen für dich bereit, die Begehren wecken und damit Leiden verursachen. Sei also achtsam!«

»Du meinst, Leben sei immerwährendes Lernen?«

»Allerdings. Aber für den Moment genügt es, wenn du ohne Überheblichkeit weiter pflegst, was du bisher gelernt hast. Du kannst dein Können aber auch verfeinern. Die großen Weltreligionen können dir eine Stütze sein, jede auf ihre Art: Buddha hat zum Beispiel den sogenannten *edlen achtfachen Pfad* gelehrt.

Nämlich die *rechte Erkenntnis* oder die Einsicht in die *vier edlen Wahrheiten* über das Leiden, welche du bereits kennengelernt hast.

Die *rechte Gesinnung* oder die Aufforderung, deine Gedanken zu prüfen, ob sie dir und anderen Wohl oder Ungemach bescheren.

Die *rechte Rede*, die der Lüge, Verleumdung, Beleidigung und dem Geschwätz entsagt.

Das *rechte Handeln*, das Töten, Stehlen und Ausschweifungen vermeidet.

Der *rechte Lebenserwerb*, der anderen nicht schadet und auf unrechten Lebenswandel verzichtet.

Das *rechte Streben* oder der Wille, Affekte wie Begierde, Hass, Zorn und Ablehnung zu zügeln.

Die *echte Achtsamkeit* in Bezug auf das Innere und Äußere des ganzen Körpers, aber auch bezüglich der Präsenz im Gespräch mit den Mitmenschen oder im Behandeln einer Sache.

Die *rechte Sammlung* oder die Fertigkeit, den unruhigen und abschweifenden Geist zu kontrollieren, beispielsweise durch Meditation.«

Felix ist von der Weisheit dieser acht Weisungen beeindruckt.

»Jetzt verstehe ich, dass mein angefangener Weg zur Lebensaufgabe wird, so ich die Kraft habe, ihn fortzusetzen.«

»Wir sind uns oft gar nicht bewusst, dass jeder Weg zu ethischem Leben in lebenslangem Lernen und Üben besteht. Welcher Philosophie oder Religion du dich auch immer verschreibst, erwarte keine Abkürzungen auf deinem Weg.«

»Was soll ich denn wählen?«

»Da kann ich dir nicht raten. Wähle das, was dich überzeugt.«

Felix spürt, dass Kuonrât ihm erneut Selbstverantwortung aufträgt. Und er erkennt, dass gerade das den Meister ausmacht. Er weiß nun, dass er seinen Lebensweg allein gehen und gestalten muss. Um eine große Erfahrung reicher verabschiedet er sich dankbar von seinem Lehrer.

Ich, Katharina

Ich, Katharina von Schauensee, hätte nie gedacht, als Fliege wiedergeboren zu werden. Und dazu noch hier, in der Villa dieser ungewöhnlichen Leute. Eigentlich würde die Bezeichnung *gewöhnliche Leute* besser passen, denn ihre Manieren sind nicht gerade die Besten.

Wie in meinem früheren Leben, zur Zeit der Medici, gründet der Reichtum des gegenwärtigen Hausherrn auf dem Geldverleih; jedenfalls ist das für ihn ein Dauerthema. Er gehört also immerhin zum Geldadel, wie man das heutzutage vornehm bezeichnet. Die Herrin hingegen ist die Tochter eines einfachen Pferdezüchters; sie brüstet sich damit – hemmungslos. Beide haben, ich kann es nicht genug betonen, keine Manieren. Sie schnäuzen sich ihre Nasen geräuschvoll in Papiertücher, decken den Tisch weder mit Silberbesteck noch mit edlem Glas oder Porzellan. Und sie haben weder Kutsche noch Pferde, dafür etwas, was sie als Lamborghini bezeichnen. Die abendlichen Vergnügungen, die sie Partys nennen, sind so ohrenbetäubend, dass sie meinen Körper erzittern lassen und mich fast umbringen.

Nach einem erholsamen Flug durch den beeindruckend geräumigen Salon der Branders koste ich, Katharina, die Süße einer Kaki aus der übervollen Fruchtschale im Bücherregal, das wie die meisten Möbelstücke aus Chromstahl und Glas besteht. So auch das Buffet gegenüber, das zahlreiche Flaschen in unterschiedlichen Formen, Größen und Farben zur Schau stellt. Mitten im Raum steht ein langer Esstisch mit edler Blumendekoration, Pflanzen, die sie täglich wegwerfen, täglich erneuern. Das Fell eines Löwen samt Schädel vor dem Kamin wirkt etwas makaber. Ich muss allerdings gestehen, dass ich gerne auf dem Fell herumklettere, um den Duft der Wildnis zu genießen. Anstelle von Vorhängen gibt es Lamellen. Die wenigen Bilder an den Wänden sind merkwürdige Klecksereien in kalten Farben; jedenfalls erbebe ich jedes Mal, wenn ich dort lande. Die Gemälde haben bestimmt beträchtliche Summen gekostet, wie alles in diesem Raum, auch das Parkett aus Tropenholz, auf das diese Leute so stolz sind. Die spärliche, ziemlich kühle Möblierung des Salons entspricht offenbar dem heutigen Geschmack der Reichen – kein Vergleich zu den einstigen Gemächern in meinem Schloss Schauensee.

Eben betritt der Butler den Raum, eine würdige Gestalt in schwarzen Hosen, weißem Hemd und dezenter Krawatte. Die Branders haben den kultivierten Diener vor einigen Jahren aus England kommen lassen. Der ergraute Herr schreitet zur breiten Schiebetür, öffnet sie und genießt für einen Moment den Blick von der Terrasse auf den sorgfältig gepflegten Rasen und die prächtigen Herbstfarben des Parks. Dann kehrt er zurück in die Küche und holt das Tablett mit dem Kaffeegeschirr. Er stellt es auf den Salontisch vor dem Kamin, verteilt Teller und Tassen, klemmt sich das leere Tablett unter den Arm, tritt ein paar Schritte zurück und schiebt den einen oder anderen Polstersessel zurecht. Die Herrschaften lassen nicht lange auf sich warten, sie mustern, was der Butler arrangiert hat, und entlassen ihn mit: »James, sie können gehen.«

Sie hätten ihn wenigstens Johann nennen können, denke ich und wechsle auf eine neue Frucht, um mich mit Genuss daran zu erfrischen. Inzwischen ist auch Willy auf der Nachbarfrucht gelandet. In seinem früheren Leben war er Jäger auf einem herrschaftlichen Hof. Während er die betörend duftende Kaki anbohrt, wendet er sich an mich: »Was uns die Herrschaften wohl heute bieten?«

»Vielleicht den üblichen Gesellschaftsklatsch oder sogar einen netten Streit. Wir werden sehen.«

Herr und Frau Brander, beide in lockerer Freizeitbekleidung, setzen sich in die Sessel. Die Dame des Hauses hat sich noch gar nicht richtig niederlassen können, da schießt ihr Mann schon einen vielsagenden Blick hinüber zu ihr. Mit einer kaum hörbaren Entschuldigung steht sie eiligst wieder auf und gießt Kaffee ein. In diesem Moment erscheint Sohn Frédéric, lässig gekleidet in übergroße Hosen, einem kaum zugeknöpften Hemd und halbhohen Schuhen ohne Schnürsenkel. Willy und ich wissen inzwischen, dass Frédéric die Hosen Bermudas und das Hemd Che-Guevara-T-Shirt nennt, und dass Che Guevara ein berühmter Freiheitskämpfer war. Den tadelnden Blicken der Eltern folgt auch gleich ein Kommentar des Vaters, den der Teenager längst auswendig kennt.

»Kannst du dich nicht anständig kleiden? In Zuoz, im Lyceum Alpinum, wirst du auch nicht so herumlaufen dürfen.«

»Habe ich Ferien oder was? Und dass ihrs gleich wisst: In eurer Bonzenvilla fühle ich mich nur in solchen Klamotten wohl.«

›Da ist ja mächtig Feuer im Dach!‹, denke ich und Willy seufzt: »Einen Umgangston haben die jungen Leute heutzutage ...«

In der Runde um den Salontisch herrscht einen Moment lang betretenes Schweigen. Dann wechselt Herr Brander das Thema.

»So, und für die Ferien in der Natur Afrikas konntest du dich auch nicht begeistern.«

»Wenn ihr die Großwildjagd in Zimbabwe als Naturerlebnis bezeichnet, dann ist euch nicht mehr zu helfen. Geht doch mit euren Von-und-zu-Kumpanen, wohin ihr wollt! Ihr solltet euch schämen, eure Lust zum Töten und euer Kapitalistengehabe ausgerechnet dort auszuleben, wo bitterste Armut herrscht!«

»Wir können mit unserem Geld immer noch das machen, was wir für gut finden. Schließlich bezahlen wir dir damit auch die bestmögliche Ausbildung.«

»Oh je, jetzt muss ich auch noch dankbar sein, dass ihr in euren Kreisen mit Unser-Sohn-studiert-in-Zuoz bluffen könnt.«

»Frédéric, bitte!«, schaltet sich Frau Brander jetzt ein. »Wir wollen nur das Beste für dich.«

Trotzig schweigt der Sohn. Dann läuft er aus dem Salon und knallt die Tür hinter sich zu.

»Flegel!«, brüllt der Vater hinterher.

»Hab' ichs doch gesagt«, meint Willy, hebt ab und saust den Branders um die Köpfe. Die rufen umgehend nach James. Der eilt herbei und fragt: »Zu Diensten, Herrschaften?«

»Vernichten Sie endlich die verdammten Fliegen!«

Der Butler läuft zurück in die Küche, um die Fliegenklatsche zu holen. Der Willy und ich ergreifen die Chance und fliegen unbemerkt hinter ihm her, um uns in seinem Refugium in Sicherheit zu bringen. Wir hören nicht mehr, was die erfolglose Fliegenjagd von Butler James nach sich zieht, nur, dass weitere giftige Worte fallen.

»Gehen die auf Großwildjagd in ferne Länder. Als ob es in unseren Wäldern nicht genug Wild gibt«, meint Willy, der ehemalige Jäger.

»Da geht es offenbar um kostspielig Exotisches, mit dem sich die Branders interessant machen wollen.«

James kommt zurück in die Küche, setzt sich an seinen Tisch und schüttelt den Kopf. Frédéric schleicht sich herein. Der Butler ist ihm so etwas wie ein väterlicher Freund, einer, der ihm zuhört und ihn versteht.

Er setzt sich zu ihm und seufzt: »In was für eine Familie bin ich hineingeboren! Ich kann es ja nicht zugeben, aber ich bin tatsächlich dankbar, dass sie mich ins Lyceum Alpinum geschickt haben. Dort gibt es nämlich neben ein paar Herrensöhnchen auch echte Freunde und einige besondere Lehrer, die mich nach und nach gelehrt haben, Beziehungslosigkeit gegen echte Freundschaft zu tauschen.«

»Das merkt man dir an, Frédéric.«

»Wirklich, James?«

»Ja, auch wenn dir das Schwierigste noch bevorsteht.«

»Was meinst du damit?«

»Die Achtung vor Andersdenkenden. Es ist ein Unterschied, ob du ernsthaft und ohne gleich zu werten versuchst, die Welten deiner Mitmenschen zu verstehen, oder ob du Schlag auf Schlag mit deinen Werturteilen über sie herfällst und sie dabei auch noch beleidigst.«

»Aber ich kann die Vorstellungen meiner Eltern nie und nimmer teilen.«

»Das ist auch nicht nötig. Bleibe bei deinen Wertvorstellungen, überprüfe sie aber immer wieder selbstkritisch und gib ihnen Raum zum Entwickeln. Über die Jahre habe ich gelernt, aus den Standpunkten von Mitmenschen für mich Nutzen zu ziehen – vor allem aus Wertvorstellungen, die mir besonders widersprüchlich oder verquer vorkamen.«

»Merkwürdig, was du sagst. Meinen Freunden und dir, James, kann ich manchmal auf diese Art und Weise kritisch, ja sogar selbstkritisch zuhören. Bei meinen Eltern fällt mir das äußerst schwer.«

»Sie sind dir zu nah. Und vielleicht bist du auch zu stolz, um von ihnen eine Meinung anzunehmen. Du bist zwar wie jeder Mensch einzigartig, aber du bist auch ein Brander, trägst also die Erbanlagen deiner Eltern in dir und bist ihnen wahrscheinlich in manchem ähnlicher, als du wahrhaben willst.«

»Das ist ja eine fürchterliche Vorstellung!«

»Warum fürchterlich? Das heißt ja nicht, dass du ein Klon deiner Eltern bist. Es bedeutet nur, dass in dir die Anlagen deiner Eltern stecken, wofür du übrigens dankbar sein solltest, und dass du jede Freiheit hast, in dir diese Anlagen aufzuspüren, um sie weiter zu entwickeln. Das macht dich, Frédéric, zu etwas Einzigartigem, zu einem Individuum.«

»Was rätst du mir, James?«

»Du bist klug genug, Frédéric, das Richtige zu tun. Nur das, was du dir selbst rätst, wird auch tragfähig sein.«

Ich, Katharina von Schauensee, bin nicht erstaunt, dass ein Butler mit so viel Lebenserfahrung weise sein kann. So weise, dass er mich und Willy aus dem Augenwinkel bereits entdeckt hat und für uns rücksichtsvoll das Küchenfenster in die Freiheit öffnet.

Zeitfracht Medien GmbH
Ferdinand-Jühlke-Straße 7
99095 Erfurt, Deutschland
produktsicherheit@kolibri360.de